AF197996

Tucholsky   Wagner   Zola   Scott   Schlegel
    Turgenev   Wallace   Fonatne Sydow   Freud

      Twain   Walther von der Vogelweide   Fouqué   Friedrich II. von Preußen
            Weber   Freiligrath   Frey

Fechner   Weiße Rose   von Fallersleben   Kant   Ernst   Frommel
       Fichte   Richthofen

         Engels   Fielding   Hölderlin
    Fehrs   Faber   Flaubert   Eichendorff   Tacitus   Dumas

                Maximilian I. von Habsburg   Eliasberg   Ebner Eschenbach
Feuerbach   Fock   Eliot   Zweig
                    Ewald   Vergil
      Goethe   Elisabeth von Österreich   London
Mendelssohn Balzac   Shakespeare
                    Lichtenberg   Rathenau   Dostojewski   Ganghofer
    Trackl   Stevenson   Doyle   Gjellerup
Mommsen   Tolstoi   Hambruch
       Thoma   Lenz   Hanrieder   Droste-Hülshoff
Dach   Verne   von Arnim   Hägele
       Reuter   Hauff   Humboldt
    Karrillon   Garschin   Rousseau   Hagen   Hauptmann   Gautier
      Damaschke   Defoe   Hebbel   Baudelaire
                    Descartes   Hegel   Kussmaul   Herder
Wolfram von Eschenbach   Dickens   Schopenhauer   Rilke   George
      Bronner   Darwin   Melville   Grimm Jerome   Bebel
         Campe   Horváth   Aristoteles   Proust
Bismarck   Vigny   Barlach   Voltaire   Federer   Herodot
                Gengenbach   Heine
   Storm   Casanova   Tersteegen   Grillparzer   Georgy
       Chamberlain   Lessing   Langbein   Gilm   Gryphius
Brentano   Lafontaine
   Strachwitz   Claudius   Schiller   Schilling   Kralik   Iffland   Sokrates
      Katharina II. von Rußland   Bellamy
                    Gerstäcker   Raabe   Gibbon   Tschechow
Löns   Hesse   Hoffmann   Gogol   Wilde   Gleim   Vulpius
   Luther   Heym   Hofmannsthal   Klee   Hölty   Morgenstern
       Roth   Heyse   Klopstock   Kleist   Goedicke
Luxemburg   Puschkin   Homer   Mörike
         La Roche   Horaz   Musil
   Machiavelli   Kierkegaard   Kraft   Kraus
Navarra Aurel   Musset   Moltke
   Nestroy Marie de France   Lamprecht   Kind   Kirchhoff   Hugo
                       Laotse   Ipsen   Liebknecht
   Nietzsche   Nansen
         Marx   Lassalle   Gorki   Klett   Leibniz   Ringelnatz
   von Ossietzky   May   vom Stein   Lawrence   Irving
Petalozzi   Platon   Knigge
   Sachs   Poe   Pückler   Michelangelo   Kock   Kafka
                              Liebermann   Korolenko
      de Sade Praetorius   Mistral   Zetkin

Der Verlag tredition aus Hamburg veröffentlicht in der Reihe **TREDITION CLASSICS** Werke aus mehr als zwei Jahrtausenden. Diese waren zu einem Großteil vergriffen oder nur noch antiquarisch erhältlich.

Symbolfigur für **TREDITION CLASSICS** ist Johannes Gutenberg (1400 — 1468), der Erfinder des Buchdrucks mit Metalllettern und der Druckerpresse.

Mit der Buchreihe **TREDITION CLASSICS** verfolgt tredition das Ziel, tausende Klassiker der Weltliteratur verschiedener Sprachen wieder als gedruckte Bücher aufzulegen – und das weltweit!

Die Buchreihe dient zur Bewahrung der Literatur und Förderung der Kultur. Sie trägt so dazu bei, dass viele tausend Werke nicht in Vergessenheit geraten.

Ein Ehestands-Candidat oder Herr Fractin

Paul de Kock

Impressum

Autor: Paul de Kock
Übersetzung: Heinrich Elsner
Umschlagkonzept: toepferschumann, Berlin

Verlag: tredition GmbH, Hamburg
ISBN: 978-3-8424-9133-5
Printed in Germany

Text der Originalausgabe

Paul de Kock

Ein Ehestands-Candidat
oder
Herr Fractin

1862

.

Erstes Kapitel

Ein sehr verliebter Mann

Versetzen Sie sich zuerst in den Speisesaal eines Gastwirths, aber nicht zu Very oder Vefour, auch nicht in das Café de Paris oder nach dem Rocher de Cancale, sondern zu einem kleinen bürgerlichen Gastwirth ohne Anmaßung und Bedeutung, bei welchem man ziemlich gut zu Mittag speist, vorausgesetzt, daß man kein Lucullus oder Brillat-Saverin ist. Der Speisesaal ist zwar mit Spiegeln, Kron- und Armleuchtern nicht verschwenderisch ausgestattet, doch sind die Tische immer besetzt; nach dem Mahle bringt man Ihnen keinen blauen Bolus mit lauem Wasser und einem Citronenrädchen, um den Mund auszuspülen und die Hände zu waschen (eine Reinlichkeit, welche ich, beiläufig gesagt, sehr schmutzig finde); allein man hindert Sie nicht, die Fingerspitzen in Ihr Glas einzutauchen und mit Ihrer Serviette abzutrocknen; endlich sehen Sie hier keine Herrschaften mit Equipagen, noch athmen Sie Moschus- und Ambragerüche ein; allein Sie begegnen Künstlern und Schriftstellern, und hören sehr laut lachen und sprechen. Nun wählen Sie zwischen der Porte Saint-Denis und der Tempelstraße.

Gegen fünf Uhr tritt Herr Girardière in den Speisesaal ein.

Herr Girardière ist volle neunundvierzig Jahre alt, möchte aber nie älter als dreißig sein und bietet Allem auf, dies zu scheinen. Er ist kein schöner Mann, von mittlerer Größe, und um den Ansatz seines Dickbauchs zu verbergen, schnürt er sich immer fürchterlich; zu einem hübschen Jüngling fehlt ihm übrigens viel, denn seine grünlich-grauen runden Augen mit rothem Rande nebst der Brille, die er nie ablegt, geben ihm ein höchst sonderbares Aussehen; seine Nase ist zu platt, sein Kinn zu spitzig, sein Mund zu groß; doch weiß Herr Girardière bei all' dem seine Physiognomie auf eine angenehme Weise herzurichten, die er auch beibehält, wenn ihm nicht außerordentliche Zufälle begegnen. Endlich ist er immer sehr sauber und sorgfältig gekleidet, und namentlich zu stolz, als daß er eine Perrücke oder falsche Locken trüge; freilich sind seine hellblonden Haare auf dem Scheitel sehr dünn, allein jene oberhalb der Ohren trägt er absichtlich sehr lang und streicht sie mit Geschicklichkeit nach vorn, um seine hohe Stirne zu beschatten.

Sie sehen aus all' dem, daß Herr Girardière zu gefallen sucht; er hat ein sehr verliebtes Herz, verehrt das schöne Geschlecht, und die Liebe macht die Hauptbeschäftigung seines Lebens aus.

Es gibt wenig Personen, welche dieses Gefühl nicht gekannt und ihm nicht süße Stunden geweiht hätten. Selbst Solche, die von andern Leidenschaften beherrscht werden, finden in ihrem Herzen noch ein Plätzchen für die Liebe, denn »man muß lieben«, sagt Voltaire, »das erhält uns, und ohne zu lieben, ist es traurig ein Mensch zu sein.«

Doch Herr Girardière hatte diese Lehre vielleicht übertrieben. Von Kindheit an hatte er Beweise von seinem Hang zur Zärtlichkeit gegeben: er verehrte die Vögel, liebkoste die Katzen, weinte acht Tage lang über die Abwesenheit seines Hundes. Als Knabe verliebte er sich in die Köchin seiner Eltern, ein dickes Landmädchen. Der kleine Girardière steckte immer in der Küche, lernte dort die Anfangsgründe des Lateinischen, und um mit der dicken Tourloure (so hieß die Magd) oft in Berührung zu kommen, setzte er sich in den Kopf, sie Latein zu lehren.

Während Tourloure ein Täubchen rupfte und Spinat kochte, betrachtete das Männchen sie ganz genau und sagte zu ihr: » *Amo, Tourloure, amo tibi!* ah, willst Du mit mir das Zeitwort *amare* durchconjugiren?« – Wie, was soll Ihr *Amo* heißen? heißt Der seitwärts von unserem Haus so, mit dem ich Sonntags zum Tanz gehe? – »Davon ist keine Rede, ich spreche mit Dir lateinisch, ich will Dich lehren, wie man in einer todten Sprache sagt: ich liebe Dich!« – Ach! lassen Sie die Todten ruhen und mich lieber meine Saucen machen! – »Das hindert Dich nicht, o Tourloure! *mulier! mulieris!*« – Ei, warum heißen Sie mich Tourloure *mulier*; das ist nicht mein Name, ich heiße Tourloure Desmignart. – »Gleichviel! Du bist ein Frauenzimmer ... Gott! die Frauenzimmer ... ich möchte nur *muliebre bellum gerere.*« – Ach! mein Gott, fluchen Sie nicht so entsetzlich ... – »Tourloure, erlaube mir, Dich lateinisch zu lehren.« – Lassen Sie mich doch gehen, Sie sind Schuld, wenn mir die Saucen mißrathen. – »Sprich doch mit mir: *amo ... amas ... amat ...* ich küsse Dich für Deine Mühe.« – Da schau' einmal einer her! darf ein kleiner Knabe in Ihrem Alter schon an das Küssen der Mädchen denken? – »Du weißt nicht, Tourloure, daß *formosum pastor Coridon ardebat Alexin.*« –

Nein, ich kenne all diese Leute nicht; aber so viel weiß ich, daß, wenn Sie mich nicht in Ruhe lassen, mein Braten anbrennen und Ihre Eltern mich zanken werden. – »Um sie zu besänftigen, sage ihnen nur, wenn Du Deine Tauben hineinträgst: *Juc hoc est coena*; mein Vater wird große Augen dazu machen und sich sehr ergötzen.« – *Jus hoc* ... ach mein Gott, ich kann unmöglich diese Worte behalten!«

Während die dicke Magd das Gemüse zubereitete, murmelte sie unaufhörlich: » *Jus ... hoc ... jus ... coq ...* so ist's recht.«

Die Zeit zum Mittagessen kam. Alle saßen am Tische, da riß die dicke Köchin, während sie ihren Braten auftrug, den Mund furchtbar auf und fing zu schreien an: »hier sind Tauben mit *jus ... jus*! ...« Weiter konnte sie nicht sagen; die Mutter des kleinen Girardière unterbrach sie mit den Worten: »Es ist gut, Tourloure, aber ich sehe keinen *jus* an ihnen.«

Die Tauben waren angebrannt, der Spinat zu viel gesalzen, die Sauce eingetrocknet. Man zankte die Köchin tüchtig aus, welche zu ihrer Entschuldigung antwortete: »Ihr Herr Sohn ist Schuld daran; er steckt beständig in meiner Küche hinter meinem Rücken und will mich lateinisch lehren; indem ich nun die Worte, die er mir vorsagte, im Gedächtniß behalten wollte, mißriethen mir die Ragouts.«

Da den Eltern durchaus nichts daran lag, daß ihre Magd lateinisch sprach, sondern ihnen ein gutes Mittagessen die Hauptsache war, so jagten sie Tourloure fort, und der kleine Girardière mußte seine Vorlesungen in der Küche aufgeben.

Solche Auftritte kündeten eine den Freuden der Liebe sehr ergebene Jugend an; indeß war dem nicht so, denn es genügt nicht, sehr verliebt zu sein und für alle Frauenzimmer, die nicht durchaus abschreckend sind, leidenschaftlich zu entbrennen; man muß auch zu gefallen und zu verführen wissen, die Gabe, den Geist und das Talent haben, Eroberungen zu machen, und gerade das besaß Herr Theophilus Girardière trotz aller Mühe, die er sich gab, nicht.

Mit zwanzig Jahren hegte der junge Girardière immer fünf bis sechs Liebschaften in seinem Herzen. Kaum betrat er eine Straße, so fand er vollauf zu thun. Ging ein etwas hübsches Frauenzimmer mit einem großen Shawl vorbei, das ihn zufällig ansah, so bildete er sich schon ein, sie beobachte ihn aufmerksam, und dies reichte hin, daß er sich in sie verliebte. Dann folgte er der Dame mit dem großen Shawl auf dem Fuße nach, wagte an sie einige Worte und Redensarten, welche er für sehr geistreich hielt, die aber, wie alle in dergleichen Fällen, höchstens thöricht waren. Man gab ihm sehr trocken zur Antwort, er möchte seines Wegs gehen, allein er blieb stehen, folgte der Dame, wartete in der Straße, wo sie in einen Laden trat, und verließ sie nicht eher, als bis er sie in einem Haus verschwinden sah; auch jetzt noch blieb er vor der Thüre stehen, um sich zu versichern, ob die Dame nicht wieder herauskäme; in der Meinung, jetzt ihre Wohnung zu kennen, bemerkte er in seiner Schreibtafel sorgfältig die Hausnummer, und entfernte sich mit dem Gedanken: »Ich werde öfters hier herumspazieren, und wenn ich sie herauskommen sehe, ihr nachgehen.« Dies nannte Theophilus Girardière eine Eroberung. Auf diese Art kann ein zum Gefallen am wenigsten geeigneter Mann, so oft er eine Straße betritt, drei bis vier Eroberungen machen. Hiezu muß man bloß übrige Zeit und gute Füße haben.

Als aber Herr Girardière seine schönsten Jahre mit dem Verfolgen der langen oder viereckigen Shawls, der Damenmäntel und selbst der Häubchen zugebracht hatte, ohne daß ihm ein Liebeshandel gelingen und er bei den Damen sein Glück machen konnte, entschloß er sich, höchst betrübt über den geringen Erfolg seiner Versuche, andere Mittel zu ergreifen, und die große Welt zu besuchen, in der Hoffnung, dort glücklicher zu sein, als auf den Spaziergängen und öffentlichen Plätzen.

Girardière besaß ein ziemlich großes Vermögen; es war ihm daher nicht schwer, in vielen Häusern zugelassen, zu Bällen, musikalischen Abendunterhaltungen, Spielen und selbst zu Routs eingeladen zu werden.

Außerdem hatte Girardière eine sehr gute Erziehung genossen; überhaupt waren seine Manieren fein und höflich, auch war er gerade nicht albern, und wäre vielleicht ohne jene unselige, tolle Sucht, allen Frauenzimmern Liebe einflößen zu wollen, liebenswürdig gewesen, eine Sucht, welche mit der Zeit, anstatt abzunehmen, zunahm, und sich über jeden Korb hinwegsetzte.

Girardière wendete nun seine Blicke, seine Ansprüche und Seufzer der großen Welt zu; die Leichtigkeit, mit den Damen, die ihm gefielen, zu plaudern, überzeugte ihn, daß er zu einem schnellern Erfolg gelangen, und es ihm dort viel leichter werden würde, Liebesverhältnisse anzuknüpfen; er wollte seine verlorene Zeit wieder hereinbringen, und kaum hatte er sich drei Mal in einem Hause eingefunden, so hatte er schon vier Liebeserklärungen gemacht.

Es gibt ein Mittel, schnell eine Liebschaft herbeizuführen und bei einer Schönen nicht fehl zu gehen; allein es besteht nicht darin, daß man allen Frauenzimmern nachläuft, ihnen mit aller Gewalt zusetzt, und sie Viertelstunden lang unausgesetzt anschaut, als ob man Glasaugen hätte. Man machte sich über die Seufzer, Liebesblicke und Liebeserklärungen dieses Herrn lustig. Seine Verliebtheit, seine schnelle Liebesflamme wurde zum Sprüchwort. In vielen Häusern sagte man bei Tisch anstatt: »das ist ein zärtliches Liebesbriefchen!« lachend zu einander: »das ist wohl ein Liebesbriefchen von Girardière!« In Frankreich, namentlich in Paris, wo man Einem das Lächerliche nicht verzeiht, hätte dies Wort hingereicht, um Theophilus den Triumph über irgend ein Frauenzimmer streitig zu machen.

Jeden Abend sagte der arme Jüngling bei seiner Rückkehr nach Hause zu sich selbst: »Es ist außerordentlich sonderbar, daß ich es zu keinem Bonvivant bringen kann; ich thue doch Alles, daß ich so weit komme! Allein die Frauenzimmer fürchten mich, sie weichen mir aus, aus Angst, sie könnten mich zu sehr lieben.«

Es blieb Girardière ein Trost, der uns nie fehlt, und bei dem wir immer Linderung für unsern Verdruß suchen. Er hatte nämlich eine gute Mutter, die ihn zärtlich liebte, an ihm alle guten Eigenschaften und Vollkommenheiten fand, und glaubte, Jedermann müsse so wie sie denken. Girardière wohnte bei seiner Mutter, welche nicht mehr jung war und sehr wenig ausging. Aber wenn er sich Abends anschickte, in die Gesellschaft zu gehen, sagte die gute Mutter, ihn mit Bewunderung ansehend, zu ihm: »Du gehst wohl in einen Cirkel ... zu einer Abendunterhaltung?« – Ja, Mütterchen. – »Ah! Ausgelassener, wie ergötzest Du Dich! wie gibst Du Dich dem Vergnügen hin! ich wollte wetten, Du hast auf allen Flanken Liebschaften.« – Ah! Mütterchen ... was denkst Du!«

Bei diesen Worten lächelte Girardière, betrachtete sich im Spiegel, fuhr mit den Fingern durch die Haare und legte den Kragen seines Fracks zurecht, während die alte Mutter fortfuhr: »O! Du wirst es nie gestehen; aber bei all' dem hast Du Recht! mache Dich nur lustig, mein Kind, benütze Deine Jugend ... Du bist hübsch genug, um Eroberungen zu machen.«

»Glauben Sie?« antwortete Theophilus mit einer Miene, als ob er sagen wollte: ich bin ganz Ihrer Ansicht.

»Ob ich es glaube? ... hm ... Schelm! Du wirst wohl wissen, daß ich Recht habe; um Eines nur bitte ich Dich, mein Söhnchen, stürze Dich nicht in zu gefährliche Abenteuer! Denn, siehst Du, die Ehemänner sind nicht gar sehr erfreut über ... nun, Du verstehst mich ... und ferner, komme nicht zu spät nach Hause, ich bitte Dich, mein Söhnchen; die Straßen in Paris sind nicht immer sicher.«

Girardière beruhigte seine Mutter, und entfernte sich ganz vergnügt über ihre Aeußerungen; es klang gar süß in seinen Ohren, noch »mein Söhnchen« genannt zu werden, ungeachtet er sehr groß und stark war; gerne hörte er seine Mutter sagen, er solle seine Jugend benützen, obwohl er bereits sechsunddreißig Jahre auf dem Rücken hatte, und wie wenn ihn dies wirklich verjüngt hätte, ging er singend wie ein Knabe die Stiege hinunter, machte manchmal einen dreisten Sprung über drei Stufen zugleich, und zwar deßhalb, weil ihn seine Mutter, »mein Söhnchen« genannt hatte.

Allein trotz der vorteilhaften Meinung, welche Frau Girardière von ihrem Sohne hatte, war dieser bei den Damen nicht glücklicher; seine Triumphe beschränkten sich auf einige Fächerstreiche: mehrere blaue Male waren der Lohn für seine Unbesonnenheiten. Wenn er von einer hübschen Dame stark gekneipt wurde, beeilte sich Theophilus, bei seiner Rückkunft nach Haus seinen Frack auszuziehen und seinen Arm zu betrachten.

Dann sagte er zu sich selbst: »Das heiße ich einmal ein Mal! o! sie hat mich stark gekneipt ... sie will offenbar haben, daß ich ein Merkmal von ihr trage ... O die Bösartige! ...«

Das waren die einzigen Gunstbezeugungen, deren sich Girardière rühmen konnte.

Wir wollen indeß nicht behaupten, daß dieser verliebte Mann den Freuden der Liebe ganz fremd gewesen sei. Er hatte einige Liebschaften gehabt, allein solche, die man nicht in Gesellschaften einführen kann, und deren Eroberung anzuführen unmöglich ist. Mit

Geld und Geschenken gelang es ihm, eine Dame in das Schauspiel oder zu einem Speisewirth zu führen; an solchen Tagen hütete er sich wohl, ein Gefährt zu nehmen, denn er wollte mit einer Dame am Arme angetroffen werden.

Bei Verbindungen, wo der glühende Girardière Gegenliebe vermuthete, hatte er beständig Unglück gehabt. Wenn er nach vierzehntägiger Bekanntschaft zu sich selbst sagte: »Ich glaube, ich werde wegen meiner Persönlichkeit geliebt; sie wäre mir treu, selbst wenn ich arm wäre!« so erhielt er bald darauf ein Billetchen des Inhalts: »Es thut mir leid, unser Verhältniß nicht länger fortsetzen zu können; allein ich muß an meine Zukunft denken! Ein sehr rechtschaffener Herr hat mir ein prächtiges Ameublement von Mahagoniholz angeboten, dessen Annahme ich für meine Pflicht halte; ich bitte Sie nun, sich nicht mehr in meinem Hause zu zeigen, auch nicht mit mir zu sprechen, wenn Sie mir etwa begegnen sollten, weil mir das anderwärts eine Blöße geben könnte.«

Es ist sehr unangenehm, dergleichen Briefe zu erhalten, besonders wenn man sich über das Gefühl, das man einflößte, getäuscht hat. Girardière ballte den Brief zornig in seinen Händen zusammen und warf ihn zu Boden, indem er murmelte: »Beim Henker, sie hat eben so wohl daran gethan, dies mir zu schreiben; ich konnte sie nicht mehr ausstehen, ich habe sie sogar nie geliebt ... morgen hätte ich vielleicht mit ihr gebrochen, sie erspart mir diese Mühe ... Filziges Frauenzimmer! ... eigennütziges Herz! ... sie gibt mich auf, weil man ihr ein Hausgeräthe von Mahagoniholz verehrt, und ich ihr bloß eines von Nußbaumholz geben wollte. Würde ich ihr Palissander anbieten, so käme sie wieder zu mir zurück. Ach! pfui, pfui! ... das ist keine Liebe, die sich nach den Holzpreisen richtet; das ist nicht das Gefühl, welches ich einzuflößen wünsche, und von dem ich träume, seitdem ich ein Herz und das Alter der Vernunft habe; und keine Blöße will sie sich geben, ist doch ihr ganzes Leben nur *eine Blöße*! ... Ich will nichts mehr von diesen feilen Frauenzimmern! nein, ich will nichts mehr von ihnen! ... Wie meine Mutter sagt, bin ich geschaffen, um Leidenschaften einzuflößen, um Köpfe zu verdrehen ... O, wenn ein Frauenzimmer wüßte, in welchem Maße mein Herz von Liebe erfüllt ist, es würde zu mir sagen: »»Du bist das Ideal des Mannes! das Vorbild der Liebe!«« und würde mir seine Arme öffnen. Unglücklicher Weise steht dieses nicht auf unserer Stirne geschrieben!«

Theophilus begann hierauf von Neuem in den Speisesälen zu seufzen oder den Damen auf den Spaziergängen nachzugehen. Aber die Zeit verstrich, jene unbarmherzig altmachende Zeit, welche weder den Reichen noch den Armen, weder die Fürsten noch die Bettler, weder die Vornehmen noch die Thoren schont, welche gegen die Bitten der Schönheit, gegen die Thränen der Greise, gegen die Anmuth der Kindheit taub ist! Bei all dem ist es ein großes Glück, daß sie für Jedermann ohne Unterschied unerbittlich ist; denn wenn sie einige Personen begünstigen würde, so wäre der Neid gleich mit der Behauptung da, sie hätten diesen Vorzug nicht verdient. Man würde gegen sie Ränke schmieden, wie das gegen Alles, was auf irgend eine Weise bevorzugt ist, stets geschieht.

So hatte denn Herr Girardière sein vierzigstes Jahr erreicht, sogar überschritten; er war schon beinahe fünfzig, allein seine gute alte Mutter, deren Kopf zitterte und die selbst mit der Brille wenig mehr sah, sagte fortwährend zu ihm: »Benütze Deine Jugend, mein Söhnchen, ergötze Dich nur! ... Ausgelassener! ... allein komm' nicht zu spät nach Hause!« Girardière hingegen merkte wohl, daß es sich mit seiner Jugend wie mit seinen Haaren verhalte, die ihm ausgingen und nicht mehr wuchsen, wodurch er bald einen Kahlkopf bekam, unerachtet er beim Kämmen die hinteren Locken sorgfältig nach vorn und jene auf beiden Seiten nach der Stirne hinaufstrich. Dies täuschte, namentlich, wenn er nicht im Freien war; aber wenn Herr Girardière zufällig mit unbedecktem Haupte gegen den Wind ging, so sah man die großen Locken, welche er mit so vielem Fleiß zusammenrangirt hatte, sich aufrichten und nach allen Flanken dahinflattern, und aller Reiz war zerstört.

Jetzt dachte dieser verliebte Mann, welcher es zu keinem Bonvivant bringen konnte, der aber nichts desto weniger im Grunde seines Herzens die Liebe für das schöne Geschlecht, das Bedürfniß zu lieben, bewahrte, jetzt, sage ich, dachte er an *das Heirathen*.

Lange Zeit hatte Girardière über das eheliche Band gescherzt und über die Ehegatten gespottet. Ueberzeugt, daß sein Leben als Junggeselle eine Reihe von Liebeshändeln und pikanten Abenteuern bleibe, war er Willens, es zeitlebens fortzusetzen. Allein die Umstände hatten seiner Erwartung nicht entsprochen, und da er sah, daß er keine Geliebte bekommen konnte, entschloß er sich, eine Frau zu nehmen.

An einem schönen Morgen nun spazierte Girardière, nachdem er seiner alten Mutter – die eben aufgestanden war und sich in einen langen Sessel, wo sie einen Theil des Tages zubrachte, niedersetzte – guten Tag gewünscht hatte, im Zimmer auf und ab, hustete mehrere Male und näherte sich endlich, indem er zwei Locken Haare, die beharrlich auf den Kragen seines Frackes zurückfielen, vorstrich, dem Lehnsessel seiner Mutter mit den Worten: »Meine liebe Mama, ich muß Ihnen etwas sagen.«

»Nun, mein Söhnchen, sprich, ich will hören ... Du willst mir vielleicht irgend ein pikantes Abenteuer, dessen Held Du bist, erzählen ... Ah, ah, Schelm! ...«

Girardière lächelte und streichelte sein Kinn; er hörte es immer sehr gerne, wenn man ihn »Schelm« nannte, obwohl er es leider noch zu keinem Schelmenstreich hatte bringen können. Indeß antwortete er ihr: »Nein, liebe Mama, nein, es handelt sich nicht davon! Es ist etwas viel Ernsthafteres, sogar etwas Wichtiges; mit einem Wort, ich will es Ihnen sagen, mich wandelt die Lust zum Heirathen an.«

»Du heirathen, Du!« sagte die gute Alte, einen Schrei der Ueberraschung ausstoßend. »Ach mein Gott! was ist das für ein Gedanke ... heirathen! Du, der Du sagtest, Du wolltest immerfort Deine Freiheit behalten ... Du, der Du so glücklich bist ... Du, der Du so viel Vergnügen genießest ... so viele Eroberungen machst! ...«

»Ja, ich weiß das Alles sehr gut, allein man wird am Ende des Junggesellenlebens überdrüssig ... All' diese vorübergehenden Liebschaften ... 's ist wohl eine schöne Sache darum, gewiß; allein im Herzen bleibt doch eine Leere zurück, während, wenn man eine Frau, wenn man Kinder hat, die Einen liebkosen, sich neue und solide Genüsse bieten ... das Wort Familienvater ist gewiß sehr ehrwürdig, und, meiner Treu, ich habe ernstliche Lust, Andern nachzumachen.«

»Du kannst heirathen, wenn es Dir beliebt, ich hindere Dich nicht daran; allein es hat keine Eile, Du hast wohl noch Zeit ...«

Dabei gab die gute Alte ihrem Sohne leichte Backenstreiche; wenn sie Kraft gehabt hätte, so hätte sie ihn noch auf ihrem Schooße gewiegt. Ihr Einziges war ja stets ihr kleiner Theophilus, ihr Benjamin, sie dachte nicht daran, daß dies liebe Kind schon neunundvierzig Jahre alt war; sie sah ihn nicht altern und fand ihn immer jung und schön! Süße Wirkung mütterlicher Zärtlichkeit! Die Mütter sehen ihre Kinder mit dem Herzen an.

Allein Girardière, der sich mit den Augen ansah, konnte es sich nicht verhehlen, daß seine Jugend entflohen war, und sagte deßhalb zu seiner Mutter:

»Ich wiederhole es Ihnen, ich bin des Junggesellenlebens überdrüssig, ich mache mir eine herrliche Idee von dem Glücke, welches ich in meinem Hauswesen bei einer Frau, die mich achten und Sie zuvorkommend pflegen wird, genießen werde. Und wahrhaftig! wenn man zu etwas entschlossen ist, so scheint es mir unnütz, es aufzuschieben.«

»Nun ja, mein Söhnchen, wenn dem so ist, so heirathe ... nehme eine Lebensgefährtin ... die hübscheste, liebevollste ... nur daß sie für meinen kleinen Theophilus Sorge trage ... O! Du wirst mehr Frauen finden, als Dir nur lieb ist; sei jedoch heikelig in Deiner Wahl ... Hast Du schon Absicht auf eine?«

»Nein, liebe Mama, ich habe noch auf Niemand Absicht ... aber ich denke wie Sie; ich werde einzig und allein wegen der Wahl in Verlegenheit sein ... Ich bin ein Kapitalist mit tausend Thaler Renten ... ich war reicher, verlor aber in unglücklichen Speculationen, doch tausend Thaler Renten ist noch anständig genug und wenn man dabei ein hübscher Mann ist ...«

»Mein lieber Sohn, Du solltest eine Frau finden, die Dir wenigstens hunderttausend Franken zubringt.«

»Glauben Sie? ... ja ... hunderttausend Franken ... das macht zwar erst fünftausend Franken Renten ... allein wenn ich das, was mir anständig ist, finden werde, so sehe ich auf einige tausend Franken mehr oder weniger nicht. Ich will nämlich eine hübsche Frau, o! eine ausnehmend hübsche Frau!«

»Du hast ganz Recht. Zudem darf man, wenn man ein so schöner Jüngling ist wie Du, wohl Ansprüche machen. Ah, Schelm! wenn es bekannt wird, daß Du die Absicht hast, zu heirathen, dann werden alle Väter, alle Mütter Dir den Hof machen; aber ich wiederhole es Dir, mein Söhnchen, eile nicht!«

Girardière war überzeugt, daß er sehr viele Partien finden würde, weil in der That, da die Gatten in der Welt seltener sind als die Liebhaber, gerade Solche, die mit dem muthigen Entschlusse, eine Frau zu nehmen, auftreten, gewöhnlich sehr gesucht sind. Er sagte zu sich selbst: »Ich war bei den Damen nicht glücklich, weil der Zufall mich nicht begünstigte; wenn ich aber sagen werde: ich will mich verheirathen, o! das ist ein großer Unterschied; dann werden alle Jungfrauen und alle Wittwen um mich buhlen.«

Theophilus gestand sich selbst nicht: »Ich bin bald fünfzig Jahre alt, habe fast einen Kahlkopf, ein verzerrtes Gesicht, aufgeschwollene Augen und Plattfüße; ich bin nicht geistreich, besitze kein Talent zu gefallen und bin voll Anmaßung.« – Bridoison verlangt, daß man sich gerade solche Dinge sagen solle, ich für meine Person glaube, daß sehr wenige Menschen sich derlei Geständnisse ablegen; und wer weiß, ob sie sich Bridoison in seinen vier Wänden selbst gemacht hat?

Zweites Kapitel

Ein Ehestands-Candidat

Nun trat Theophilus Girardière mit neuem Vertrauen in der Welt auf, schielte mit einer viel wichtigeren Miene nach den jungen Frauenzimmern und richtete, während er die Damen, welche schon versehen waren, nicht berücksichtigte, schmachtende Blicke und zärtliche Seufzer nach denen, die noch frei waren.

Bald verbreitete sich die Neuigkeit (denn damit geht es schnell, weil Jedermann sich mit Heirathsaffairen abgibt): Herr Girardière sucht eine Frau, Herr Girardière will heirathen.

Davon unterhielt man sich in seiner Gegenwart ganz leise, in seiner Abwesenheit sehr laut.

In der That veränderte diese Neuigkeit das Betragen vieler Personen gegenüber von ihm. Die jungen Mädchen wurden auf ihn aufmerksam, was früher nicht der Fall war; sie betrachteten ihn von unten bis oben, flüsterten sich in's Ohr, wenn er in einen Salon eintrat, allein diese Musterung fiel für Herrn Girardière nie günstig aus.

Alle jungen Mädchen sagten: »So, das ist der Herr, welcher heirathen will.«

»Ich möchte ihn nicht« – ich auch nicht.«

»Er ist alt, häßlich, sieht dumm aus!«

Die eine oder die andere setzte noch hinzu: »Ah! wenn er übrigens sehr reich wäre?«

»Er ist aber nicht sehr reich!«

»Er hat schon erklärt, er verehre seiner Frau keinen Caschemirshawl ... also auch kein Gefährt, keine Diamanten!«

»Das versteht sich von selbst. Er würde nicht einmal erlauben, daß man ausgeht, manchmal Bälle besucht, aus Furcht, Geld ausgeben zu müssen.«

»Wenn er seine Frau in's Theater führt, wird er mit ihr auf die zweite Gallerie gehen! Ach, wie galant wäre dieses!«

Alle die jungen Mädchen lachten: aber da sie bemerkten, daß sie ihre Mütter mit ernsthaften Augen anschauten, bissen sie sich in die Lippen und schnitten Gesichter, um ihren Spott und Hohn zu verbergen und zurückzuhalten.

Girardière, nicht ahnend, daß man auf seine Kosten lachen könne, näherte sich der Gesellschaft junger Mädchen, lächelte, wackelte hin und her, und drehte die Augen unter seiner Brille nach allen Seiten. Er stützte sich auf die Lehne eines Sessels und sagte, indem er seine Worte, aus Furcht, man verstehe ihn nicht recht, lange dehnte: »Nun, meine Fräulein ... Sie ... thun nichts?«

Fräulein Astasie, eine der entschlossensten der kleinen Gesellschaft, antwortete, sich in die Lippen beißend: »Was wollen Sie, daß wir thun sollen?«

Girardière schien über diese Antwort sehr verwundert, besann sich ein wenig und fuhr dann fort: »O! ich will durchaus nichts! Ich dachte nur, Sie könnten Langeweile bekommen, wenn Sie nichts thun.«

»Wir langweilen uns nie, nicht wahr, meine Damen?«

»Gewiß! es gibt in einem Salon immer so Vielerlei zu betrachten; so viele Beobachtungen zu machen.«

»Ah! Sie stellen Beobachtungen an, Fräulein! ... Wahrhaftig! das ist nicht Jedermann gegeben, das erfordert einen gewissen Takt, eine gewisse Tiefe des Verstandes.«

»Und die fehlt uns nach Ihrer Ansicht?«

»Das will ich durchaus nicht damit gesagt haben. Glauben Sie nur, daß ich im Gegentheil geneigt bin, überhaupt zu denken, daß ...«

»Ich glaube, der Herr weiß selbst nicht, was er ... von uns denkt!« sagte eine kleine Brünette, höhnisch lächelnd.

»Die Fräulein sind voll Geist!« rief Girardière aus, indem er sich zu einem jungen Herrn, der neben ihm stand, wandte.

Der junge Herr entfernte sich zornig, ohne ihn anzuhören, da er in ein Fräulein der Gesellschaft, von dem er fürchtete, Girardière möchte es gerne heirathen, sehr verliebt war.

»Wir wollen ein kleines Spiel machen,« sagte ein Fräulein, worauf die lebhafte Astasie erwiderte: »Ach ja, wir wollen etwas spielen.«

Mit leiser Stimme setzte sie hinzu: »Wenn dieser Herr mit uns spielt, so wollen wir uns über ihn lustig machen, ohne daß er es merkt.«

Was die jungen Frauenzimmer vorausgesehen hatten, geschah in Wirklichkeit. Girardière dachte bei sich: »Da habe ich nun eine herrliche Gelegenheit, zu plaudern und mit diesen Fräulein nähere Bekanntschaft zu machen. Bei den sogenannten unschuldigen Spielen lacht man, scherzt man, und erlaubt sich tausend Kleinigkeiten, die den Charakter entschleiern.« Endlich rief Theophilus laut aus: »Wenn Sie es gütigst erlauben, werde ich auch mitspielen. Ich verstehe mich sehr gut auf: »›die Taube fliegt und die verbrannte Hand‹«, auch kenne ich sehr artige Strafen.«

»Gut! Kommen Sie nur zu unserem Spiel; wir freuen uns schon darauf.«

Die jungen Mädchen vergrößerten ihren Kreis, um diesem Herrn, der die unschuldigen Spiele mitmachen wollte, Platz zu machen. Indessen war Girardière nicht der einzige Herr, der in den kleinen Kreis zugelassen wurde; es waren noch mehrere anwesend, die wenigstens von Alters wegen dazu gehörten, denn sie waren noch nicht fünfundzwanzig Jahre alt. Unser alter Junggeselle betrachtete sie und konnte sich nicht verhehlen, daß hinsichtlich des Alters der Vortheil bei weitem auf ihrer Seite war, und daß zwischen jenen Herrn und den Fräulein eine größere Gleichheit stattfand; allein er sagte sich: »Alle diese jungen Herren denken nicht an das Heirathen, und die Liebenswürdigkeit gleicht das Alter aus, deßwegen werde ich vor ihnen bevorzugt werden.«

»Was wollen wir spielen?« so fragt man jedes Mal einander, ehe man die Pfänderspiele beginnt.

Jedes schlägt ein Spiel vor; Girardière ist für »die Taube fliegt« oder »Berlingue und Chiquette«, und verlangt, man solle den Finger zur Abstimmung aufheben; allein die Jüngern haben ein anderes Spiel vor: sie wollen Jemand auf das Lasterstühlchen setzen; die lebhafte Astasie setzt sich zuerst darauf, dann eine hübsche Blondine, später ein Mädchen mit kranker, blasser Gesichtsfarbe und melancholischem Auge. Zu jedem dieser Fräulein sagte Girardière sehr hörbar: »Das Fräulein sitzt auf dem Lasterstühlchen, weil es voll Anmuth ist!« so daß ein junger Herr es nicht über's Herz bringen konnte, auszurufen: »Es scheint, der Herr gleicht Herrn Beaufils: er bleibt immer bei seinem Satz.«

Girardière, der dieses Stück im Odeon noch nicht hatte spielen sehen, wollte sich über die Bemerkung des jungen Herrn aufhalten; allein in diesem Augenblick meldete man ihm, die Reihe sei nun an ihm, auf das Lasterstühlchen zu sitzen, was er freudig annahm.

Was werden sie über mich sagen? dachte Girardière, auf dem Stühlchen sitzend, während Fräulein Astasie unter vielem Lachen die Kritiken über ihn, die sie ihm mittheilen sollte, sammelte.

Um seine Richter günstig zu stimmen, fuhr Girardière, nachdem er sich mit seiner linken Hand versichert, daß seine hintern Locken gut nach dem Vordertheile seines Kopfes gestrichen waren, mit der rechten Hand über den Scheitel und richtete der Reihe nach auf jedes Fräulein verliebte Blicke, die er längere Zeit auf den schönsten ruhen ließ.

Er sagte zu sich selbst: »Nur die Wahl setzt mich in Verlegenheit, die Eltern möchten so gerne ihre Töchter verheirathen; ich weiß gewiß, daß ich mich nur erklären darf, und diese Kleinen da werden die Arme nach mir ausstrecken. O! sie werden mich gut aufnehmen, ohne sich lange zu besinnen, sie sehnen sich so sehr darnach, Madame zu heißen und ein Bouquet von Orangenblüthe zu tragen! ich bin überzeugt, sie werden mir artige Dinge sagen, damit ich zu ihren Gunsten gut gestimmt werde.«

In diesem Augenblicke war Fräulein Astasie mit dem Sammeln der Stimmen fertig geworden. Sie näherte sich Theophilus Girardière und sagte mit sehr lauter Stimme und sehr deutlicher Aussprache zu ihm:

»Herr ... Sie sitzen auf dem Stühlchen, weil Sie eine große Nase haben!«

»Sie sitzen auf dem Stühlchen, weil Sie einen Kahlkopf haben!«

»Sie sitzen auf dem Stühlchen, weil Sie große Ohren haben!«

»Sie sitzen auf dem Stühlchen, weil Sie wie ein chinesischer Affe aussehen!«

»Sie sitzen auf dem Stühlchen, weil Sie einer Perrücke bedürfen!«

»Sie sitzen auf dem Stühlchen, weil Sie nicht schön sind!«

»Endlich, Sie sitzen auf dem Stühlchen, weil Sie alt sind ... weiter weiß ich nichts ...«

Ein Maler, der Girardière abgezeichnet hätte, während das junge Fräulein sprach, hätte sehr sonderbare Grimassen bemerkt; der arme Teufel zwang sich zum Lachen, allein bei jedem neuen Satz verzog sich sein Gesicht, zuckte seine Nase, faltete sich seine Stirne, kurz alle Bewegungen der Nerven, die er spürte und verbergen wollte, verwandelten das Lächeln, welches er zu heucheln suchte, in Aerger.

Eines der Fräulein hatte Mitleiden mit ihm und sagte: »Sie wissen, daß man sich bei diesem Spiel Alles erlaubt ... und da es bekanntlich nur zum Lachen ist, so darf man sich nie erzürnen.«

»Sie werden auch wohl sehen, meine Damen, daß ich weit entfernt bin, mich zu erzürnen, im Gegentheil ... all dies ist sehr lustig, sehr geistreich!«

»Rathen Sie nun!«

»O nein! ich kann nicht rathen, ich verwechsle Alles.«

»Soll ich es Ihnen noch einmal wiederholen?« rief die lebhafte Astasie vortretend aus.

»Nein, Fräulein, ich danke Ihnen, es ist nicht nöthig, ich verstehe mich gar nicht auf dieses Spiel.«

Girardière fand nun die unschuldigen Spiele nicht mehr so hübsch. Indeß wurde das Pfänderspiel »in Versuchung führen«, vorgeschlagen, nun dachte er: »dabei wird man sich küssen, das ist viel unterhaltender als das Lasterstühlchen; habe ich mich bei dem einen Spiel gelangweilt, so muß ich auch das Vergnügen des andern genießen.«

Bald befahl man in der That den Klosterpförtner, den Nonnenkuß, die Reise nach der Liebesinsel, den heimlichen Kuß und andere derartige Strafen. Ein Herr, der nicht mitspielte und, in einer Ecke des Salons ruhig sitzend, sich mit dem Zuschauen begnügte, konnte sich nicht enthalten, seinem Nachbar zu bemerken: »Wenn ich je eine Tochter bekomme, so darf sie, sobald sie zehn Jahre vorüber sein wird, die Pfänderspiele nicht mehr mitmachen.« – Warum? – »Weil ich nichts Unanständigeres, Unschicklicheres, Gefährlicheres für wohlerzogene Mädchen finde, als dieses Küssen, dies vertrauliche Wesen und Verstecken mit jungen Leuten in dunklen Zimmern oder hinter den Vorhängen, und was ich gar nicht begreifen kann, ist, daß die meisten Eltern dieser jungen Leute sie nicht in die Schauspiele führen wollen, aus Furcht, sie könnten dort zu leichtfertige Worte hören und zu ausgelassene Gegenstände aufführen sehen. Arme Eltern! wie thöricht ist eure Vorsicht! wie falsch denkt ihr von jenen jungen Herzen und wie unrichtig leset ihr darin! Wenn eure Tochter oder Nichte gelacht hat, so meinet ihr, sie werde Nachts davon träumen, oder gar am andern Tag noch daran denken? Nein, das Lachen ist ein Glück, ein Vergnügen des Augenblicks, welches keine gefährlichen Folgen hat; das Lachen ist nicht strafbar, denn es ist nicht verborgen. Man verliebt sich nicht durch Lachen; man seufzt nicht, wenn man ein lustiges Wort vernommen hat. Aber jenes Händedrücken, jene Worte, die man sich in's Ohr sagt, jene Küsse, die man sich in Schlupfwinkeln gibt, jene Halbgeständnisse, die man hinter einem Vorhange erhält; ach! daran denken, davon träumen die jungen Mädchen, das sollte man vermeiden, ja das ist viel gefährlicher als ein Vaudeville, selbst als solche, worin die Déjazet so gut spielt!«

Dieser Herr sprach noch, während Girardière lange schon an der Thüre eines Zimmers stand: man hatte ihn zum Klosterpförtner verurtheilt; er sah Jedermann in das Zimmer eintreten, Alle sich küssen und er mußte immer stehen bleiben; dies Küssen zog sich unendlich in die Länge und wurde für ihn eben so peinlich als das Lasterstühlchen.

Endlich wurde eine gutmüthige Frau von der Gesellschaft, die Mutter eines der jungen Mädchen, über die Lage dieses Herrn, der an einer Thüre Schildwache stand, gerührt, trat mit festem Schritte ohne Umstände in das Zimmer, und ging darauf halbwegs wieder zurück mit den Worten: »Ich rufe dem Pförtner!«

Girardière drehte sich um und küßte diese Dame mit Inbrunst, entfernte sich hierauf aus dem Kreise der jungen Leute und kehrte zu einer vernünftigeren Gesellschaft zurück. Er hatte an den unschuldigen Spielen genug.

Drittes Kapitel

Eine Anfrage

Indeß machte Girardière schon nach einigen Tagen, nachdem er sich sorgfältig angekleidet und aufgeputzt hatte, seine Aufwartung bei einem sehr reichen vormaligen Handelsmann, der eine Tochter von achtzehn Jahren mit schönen schwarzen Augen, einem kleinen Munde, einer kleinen Hand und kleinen Füßen hatte, die aber eben nicht für sehr geistreich galt.

Nach einer ziemlich gehaltlosen Unterhaltung, wie das meistens zwischen zwei geistlosen Personen der Fall ist, wagte Girardière mit einem dreisten Tone folgende Frage: »Herr Grandvillain, Sie haben gewiß schon seit einiger Zeit erfahren, daß ich den Entschluß gefaßt habe, zu heirathen.«

Herr Grandvillain (das war der Vater des Fräuleins) schüttelte den Kopf, wandte sich zu seiner Frau, die ein kleines Bologneserhündchen liebkoste, das sie auf dem Schooße hatte und sagte zu ihr: »Meine Liebe, hast Du gehört, daß Herr Girardière heirathen will?«

Die Dame richtete sich auf, suchte ihr Taschentuch hinter sich, langte ihre Dose auf dem Kamin und antwortete endlich: »Azor ißt seit gestern nichts, er schlägt sogar den Zucker, den er so sehr liebt, aus; ich befürchte, er möchte krank sein.«

Herr Grandvillain, der seine Frau mit ihrem Hündchen vollauf beschäftigt sah, wußte jetzt, daß es keinen Zweck gehabt hätte, seine Frage zu wiederholen und schürte das Feuer an.

Girardière dagegen fand es schicklich, seine Rede wieder aufzunehmen: »Verzeihen Sie, Herr Grandvillain, ich wünsche zu heirathen; ich verzichte auf die Thorheiten des Hagestolzenlebens. Von nun an will ich mich nur mit meiner Frau und meinen Kindern, die mir ohne Zweifel der Himmel schenken wird, beschäftigen; das muß für einen Mann die höchste Glückseligkeit sein.«

Herr Grandvillain schürte immerfort das Feuer an und that, als ob ihn all' das nichts anginge; Frau Grandvillain hatte ihre Blicke auf Azor gerichtet und hörte kein Wort.

Girardière, innig vergnügt über die Art, wie er seine Anrede begonnen, fährt mit seiner Zunge über die Lippen, richtet den Kopf stolz in die Höhe und fügt hinzu:»Nun, Herr Grandvillain, komme ich auf den Zweck meines Besuchs, welchen Sie wahrscheinlich zum Voraus gemerkt haben werden.«

Herr Grandvillain schüttelt wieder den Kopf.

»Ich will mich erklären: Sie haben eine allerliebste Tochter, Herr Grandvillain, sie ist ein Muster von Anmuth und Schönheit ... liebenswürdig, unterrichtet, gut erzogen ... kurz, ich kann mich nicht besser ausdrücken, als wenn ich sie mit ihrer Frau Mutter vergleiche.« – Mit meiner Frau Mutter? – »Nein, mit Ihrer Frau Gemahlin.« – »Ja so!«

»Man wird ihm ein Pflaster auf den Rücken legen müssen,« sagte Frau Grandvillain, indem sie das Ohr ihres Hundes in die Hand nahm. Girardière, erstaunt, hält einen Augenblick inne, faßt sich aber bald wieder und fährt fort:»So viele Reize konnte ich nicht ohne Rührung ansehen, und ohne jene reine und ehrbare Liebesflamme zu empfinden, die einem Manne, der Familienvater werden will, geziemt. Mit einem Wort, Herr Grandvillain, ich bitte Sie um die Hand des Fräuleins Helene, Ihrer Tochter.«

Herr Grandvillain läßt ein brennendes Scheit, das er gerade mit der Feuerzange hielt, fahren, dreht sich gegen Theophilus um und sagte:»Sie bitten um die Hand meiner Tochter ... und für wen?«

Diese Frage bewies, daß der alte Herr die an ihn so eben gerichteten Worte entweder nicht gut gehört oder falsch verstanden hatte; Girardière findet das sonderbar und setzt schnell hinzu:»Für mich, für mich Theophilus Girardière selbst. Sie kennen mich schon lange, ohne meinen Werth zu ermessen ... Ich halte es für überflüssig, bei Ihnen meinen Lobredner zu machen; allein ich versichere Sie, daß ich das Glück Ihrer reizenden Tochter machen werde.«

Herr Grandvillain kneift seinen Mund zusammen, die untere Lippe vorwärts ziehend, was seiner Physiognomie für die, welche eine Antwort erwarten, einen nicht gar schmeichelhaften Ausdruck gibt. Der alte Herr nimmt mit der Feuerzange das glühende Scheit, das er einen Augenblick weggelegt hatte, wieder und antwortet gedehnt: »Ah! Sie wollen unsere Tochter heirathen ... ah! ah! ... Hanne, bring' mir noch ein Scheit Holz.«

Die Magd bringt ihrem Herrn das Verlangte. Herr Grandvillain macht auf's Neue sein Feuer an, indem er leise murmelt: »Sie wollen unsere Tochter heirathen ... Da fehlt es an Luft ... so brennt es nicht.«

»Das sind wahrhaftig,« sagte Girardière zu sich selbst, »sehr langweilige Eltern! aber ihre Tochter ist reich, hübsch und schön gewachsen. Man muß darüber weggehen ... einmal verheirathet, lasse ich den Papa das Feuer schüren und die Mama nach Behagen ihren Hund liebkosen.«

»Liebes Mütterchen,« sagte Herr Grandvillain nach ziemlich langer Zwischenzeit, »Herr Theophilus Girardière, den wir schon seit zwanzig Jahren kennen, bittet um die Hand unserer Tochter.«

Das liebe Mütterchen stößt einen tiefen Seufzer aus und antwortet: »Wenn man ihm ein wenig Brodsuppe mit Hühnerfleisch machen würde, äße er vielleicht davon.«

Girardière stampft aus Verdruß mit dem Fuße auf den Boden; der Hund bellt aus Furcht; Frau Grandvillain schreit laut und weint beinahe. Mit zorniger Miene sieht sie Theophilus an, der den Hund geängstigt hat, und sagt ganz trocken zu ihm: »Herr Girardière, warum stampfen Sie mit dem Fuß so auf den Boden? ... das ist sehr kurios ... in einem Salon stampft man nicht so ... Azor ist gar nicht daran gewöhnt ... Sie haben das arme Thierchen erschreckt ... seine Haare haben sich ganz aufgerichtet ... er ist ohnehin krank ... das kann ihn noch kränker machen.«

Girardière sieht seinen Fehler wohl ein; seine ungeduldige Bewegung kann ihm theuer zu stehen kommen. Um seinen Fehler wieder gut zu machen, ruft er aus: »Ach! es thut mir unendlich leid ... ich habe einen Krampf bekommen ... dieses hübsche Hündchen ... ich habe es geängstigt ... o armes Thierchen! es war nicht meine Absicht ... er hat einen herrlichen Schwanz!«

Theophilus will Azor mit der Hand streicheln, allein er fängt an zu brummen, und Frau Grandvillain zieht den Sessel mit den Worten zurück: »Lassen Sie ihn gehen ... er liebt Sie nicht, man sieht das wohl ... Nähern Sie sich nicht ... machen Sie ihn nicht brummen ...«

Girardière entfernt sich unterthänigst, nähert sich wieder dem Herrn vom Hause und sagt zu ihm: »Sie haben meine Frage in Bezug auf Ihre allerliebste Tochter nicht beantwortet. Was soll ich daraus schließen?«

»Mein Lieber, ich denke darüber nach ... Sie sind für unser Kind etwas zu alt.«

»Um so vernünftiger werde ich sein, und um so mehr wird mir daran liegen, ihr zu gefallen.«

»Sie besitzen kein großes Vermögen.«

»Mit ihrem Heirathsgut werden wir ein hinreichendes Auskommen haben. Ich bin nicht ehrgeizig.«

»Sie gefallen ihr vielleicht nicht.«

»Ich hoffe das Gegentheil.«

»Nun, wir wollen sehen ... Ich für meine Person habe nichts dagegen ... ich kenne Ihre Familie schon lange, ich weiß, daß Sie ein rechtschaffener Mann sind, und da meine Tochter sehr vernünftig ist, so ist es nicht unmöglich, daß Sie ihr gefallen.«

Girardière ist vor Freude außer sich; er möchte sich gerne in die Arme Herrn Grandvillains werfen; da aber dieser gerade ein brennendes Scheit mit der Feuerzange hält, so unterdrückt er, aus Furcht, wieder einen Bock zu machen, sein Entzücken.

In diesem Augenblick tritt Fräulein Helene in den Salon ein; sie ist ein junges Mädchen, begabt mit jener glücklichen Gemüthsart, die nichts betrübt, nichts quält, lustig, sorglos, nicht verliebt; mit einem Herzen das noch für Niemand schlägt, dachte sie nur an das Vergnügen des Augenblicks, erinnerte sich nicht an gestern und bekümmerte sich nicht um morgen. Sie war hübsch, das wußte sie, weil man es ihr oft wiederholt hatte, aber sie war nicht gefallsüchtig, weil sie gegen Alle gleichgültig war. Ein junger Mann, der sie schmachtend ansah, brachte sie zum Lachen; wenn man ihre Hand ergriff, rief sie: »Sie thun mir weh.« Wenn man ihr auf dem Fuße nachging, wurde sie böse. Einige hielten Fräulein Grandvillain für sehr dumm; allein jedenfalls mochte der Ausdruck von Naivetät, den man in ihren schönen Augen fand, noch ihren Reiz vermehren, besonders in einer Zeit, wo die naiven Frauenzimmer so selten sind.

Bei einer solchen Gemüthsart nimmt man einen Gatten, ohne darauf zu achten, ob er jung oder alt, schön oder häßlich ist, man heirathet, um im Brautstaat aufzutreten, um die Königin eines Festes zu sein, um seine Lage zu wechseln, mit jener Freude, welche die Kinder bei einem Wohnungswechsel empfinden, ohne sich über die Folgen zu beunruhigen.

Fräulein Helene kommt singend und hüpfend in den Salon herein, umarmt ihre Mutter, streichelt Azor, nimmt ihren Vater am Kopfe und küßt ihn auf die Stirne. Girardière steht auf und verbeugt sich mit einem Lächeln tief vor dem jungen Mädchen. Herr Grandvillain winkt seiner Tochter, sie neigt sich zu ihm hin, er sagt ihr Etwas in's Ohr, und unser Heiraths-Candidat denkt bei sich: »Ich wette, der Vater redet mit ihr über mich.«

Wirklich richtete Fräulein Helene ihre Augen einen Augenblick in die Höhe, um Theophilus zu betrachten, der eine romantische Stellung angenommen hatte, worauf sie in ein Gelächter ausbrach, und endlich leise erwiderte: »Ach, mein Gott, mir ist es einerlei ... der Herr da gilt mir so viel als ein anderer! ... er trägt eine Brille ... das wird mich ergötzen, einen Gatten mit einer Brille zu haben ... Nun ja, lieber Papa, verheirathe uns, ich möchte schon lange auf eine Hochzeit gehen ... O! verheirathe mich ... dann wird man mich Madame heißen.«

Darauf entfernte sich Fräulein Helene hüpfend aus dem Salon und fing das Lied, welches sie beim Hereintreten getrillert, wieder an, jedoch nicht ohne einige falsche Töne hören zu lassen.

Girardière hat zwar nicht verstehen können, was das Mädchen zu ihrem Vater gesagt hat, allein ihre Heiterkeit scheint ihm eine günstige Vorbedeutung, und er nähert sich von Neuem Herrn Grandvillain. »Ich habe mit meiner Tochter von Ihnen gesprochen,« sagte der alte Herr, die Feuerzange ergreifend.

»Nun, ihre Antwort?«

»Ich habe Ihnen nichts Unangenehmes mitzutheilen ... sie haßt Sie nicht.«

»Wäre es möglich? ... Was? Fräulein Helene findet mich nach ihrem Geschmack? ...«

»Das heißt, sie findet Sie ... Hanne, bring' wieder ein Scheit ... sie würde Sie zum Gemahl nehmen ... herzlich gern ... Ein rundes Scheit, Hanne.«

»Ach! wie glücklich machen Sie mich!«

Girardière, außer sich vor Freude, stellt schnell den Sessel zurück, um die Hand des alten Herrn zu ergreifen; der Sessel fällt durch das zu heftige Zurückziehen um, worauf das zottige Hündchen von Neuem bellt, und die alte Frau ausruft: »In der That, es scheint, als ob Sie es mit Fleiß thäten; haben Sie den Tod meines Hundes beschlossen? ... dieser arme Azor wollte schlafen ... Sie haben ihn aufgeschreckt ... er hängt seine Ohren ... er weiß nicht mehr, wie er daran ist. Sehen Sie, wie er zittert.«

Girardière hebt bestürzt den Sessel auf und stottert neue Entschuldigungen hervor; er will sein Gespräch mit Herrn Grandvillain wieder anknüpfen, allein dieser ist Willens, sein gewöhnliches Mittagsschläfchen zu machen, und verabschiedet sich von Theophilus mit den Worten: »Besuchen Sie uns wieder ... in einigen Tagen ... ich werde mit meiner Frau reden ... dann wollen wir Ihnen eine bestimmte Antwort geben.«

Girardière verbeugt sich vor Frau Grandvillain und ihrem Hund bis auf den Boden, empfiehlt sich auf's Neue dem alten Herrn und entfernt sich voller Hoffnung, denn von dem Augenblicke an, wo er dem Fräulein gefiel, dünkt es ihm, die Hauptsache sei abgethan und das Uebrige komme von selbst.

Freudetrunken kehrt er nach Hause zurück, betrachtet sich im Spiegel, bildet sich ein, seine Haare seien wieder gewachsen, und singt seiner alten Mutter vor: »Entschieden ist es, ja, ich nehme nun ein Weib! ...«

»Hast Du eine Wahl getroffen, mein Söhnchen?«

»Ja, liebe Mama, ich habe heute meine Aufwartung gemacht, meine Anfrage gestellt; ich gefiel auf der Stelle der jungen Person, woraus ich schließe, daß man mir bei meinem nächsten Besuche sagen wird: »›sie gehört Ihnen.‹«

»Du hast sehr geeilt, mein Sohn, Du hättest Dir mehr Zeit zum Wählen nehmen sollen.«

»Ich bereue meine Wahl nicht: Fräulein Helene Grandvillain ist hübsch, sehr hübsch ... und geistreich ... sehr lebhaft ... boshaft ... O, ich bin überzeugt, daß sie außerordentlich witzig ist ... Sie hat überdies hundertundzwanzigtausend Franken Heirathsgut, ohne das, was noch zu hoffen ist ... ich glaube, ich darf zufrieden sein.«

»Aber, mein Söhnchen, sie, die Dich zum Gemahl bekommt, wird auch sehr glücklich werden ... rechnest Du das für nichts?«

»Liebe Mama, ich glaube Sie schmeicheln mir.«

»Ich sage Dir, daß Du allerliebst bist, ich kenne Dich ja durch und durch, vielleicht hast Du das mir zu verdanken.«

Girardière ließ zwei Tage vorübergehen; aber am dritten konnte er seiner Ungeduld nicht widerstehen; er kleidete sich ganz schwarz an und begab sich zu Herrn Grandvillain.

Der alte Herr saß wieder neben dem Feuer, seine Frau war nicht da. Theophilus fragte den Vater Helenens mit größerem Muthe: »Ob er sich schmeicheln dürfe, bald sein Sohn zu heißen?« – Mein lieber Herr Girardière«, erwiderte Herr Grandvillain, mit der Feuerzange spielend, »was mich betrifft, so sind Sie mir sehr anständig ... ich weiß, Sie sind ein ganz rechtschaffener Mann ... auch Ihr vernünftiges Alter schien mir für Helene eine sichere Garantie. Sie mißfallen meiner Tochter, die übrigens Jedermann liebt, nicht ... es ist das beste Kind auf der Welt ... – »Also darf ich hoffen?« – Nein, mein Lieber, Sie bekommen meine Tochter nicht zur Frau ... es thut mir sehr leid, allein meine Frau gibt ihr Jawort nicht dazu, weil Sie zweimal ihren Hund erschreckt haben, und Azor sehr mißfallen.« Girardière bleibt wie versteinert stehen; so gewiß er von der Zusage überzeugt war, um so härter wird er durch den erhaltenen Korb gekränkt. Endlich ruft er sehr mißvergnügt aus: »Wie ... wegen des Hundes nimmt man mich nicht zum Tochtermann an?« – Ja, lieber Freund. – »Aber ein Mann verdient meiner Ansicht nach mehr Rücksicht, als ein zottiges Hündchen!« – In den Augen meiner Frau nicht, denn diese liebt ihren Hund über Alles ... – »Ich hätte ihn auch geliebt.« – Allein er liebt Sie nicht. – »Vielleicht mit der Zeit ... und durch Milchbrödchen ...« – Ich habe Ihnen die Antwort meiner Frau mitgetheilt. Wenn sie etwas beschlossen hat, so bleibt sie dabei; richten Sie sich also darnach. – »Erlauben Sie ... ich kann nicht glauben, daß wegen einer so geringen Ursache ...« – In dieser Welt gibt es keine geringen Ursachen! ... gegenwärtig ist ein Hund oder jedes andere Thier im Stande, eine Staatsumwälzung zu verursachen! – »Wenn ich also dem Hund Ihrer Frau Gemahlin gefallen hätte? ...« – Dann würden Sie ohne allen Zweifel mein Tochtermann geworden sein. – »Das ist sehr unangenehm; ich glaubte nicht, daß meine Verbindung von der Laune eines Hundes abhänge! ...« – Adieu, mein Lieber ... Hanne, das Holz ist schon wieder alle ... bring mir einen dicken Knüppel, Hanne.«

Girardière verließ sehr übel gelaunt Herrn Grandvillain, entfernte sich, indem er seinen Hut bis über die Augen hineindrückte, und stampfte zornig auf die Treppe, indem er sagte: »Ha, verfluchter Azor! ... wenn ich dich da hätte, du müßtest mir dafür büßen!«

Eine herrliche Partie, ein junges, hübsches Frauenzimmer verfehlt zu haben, weil man einem zottigen Hunde mißfiel, ist äußerst niederschlagend, besonders wenn man seinen Triumph so gewiß voraussetzte.

Einige Tage lang hatte Girardière große Mühe, den Aerger, welchen ihm dies Abenteuer verursachte, zu bemeistern, doch endlich tröstete er sich mit den Worten: »Ein solcher Unfall wird mir nie mehr begegnen! Ich werde nicht überall in ihren Hund vernarrte Schwiegermütter, so lächerliche, so unverschämte Frauen, wie Frau Grandvillain, finden! ... Laßt uns eine andere Partie suchen und unsere Blicke anderswohin richten! ... Wenn ich einmal einen Korb erhielt, sage ich deßhalb noch nicht mit Catullus: *Lugete Venus Cupidinesque*! (Trauert Venus und Ihr Liebesgötter!) ...«

Herr Girardière erinnerte sich noch ein wenig des Lateins, das er in seinem Knabenalter die dicke Tourloure hatte lehren wollen.

Viertes Kapitel

Zu arm

Einige Wochen nachher stattete Girardière, immer schwarz gekleidet, mit schön gewichsten Stiefeln und Handschuhen, wie wenn er auf den Ball ginge, Herrn Duhaucourt einen Besuch ab; das war ein sehr reicher Partikulier, welcher ein großes Vermögen gesammelt hatte, nachdem er sein Leben mit Unternehmungen, die sämmtlich fehlschlugen, zugebracht hatte. Aber die Aktionäre allein hatten dabei verloren, während Duhaucourt, obwohl Schuld an einer ununterbrochenen Reihe unglücklicher Geschäfte und an mehreren Bankrutten, es sich dabei wohl sein ließ, sich keck in den Zirkeln und Gesellschaften zeigte, und den Kopf eben so hoch und vielleicht noch höher als ein Biedermann trug; denn die rechtschaffenen Leute haben gewöhnlich kein unverschämtes und stolzes Benehmen; das ist eine Zugabe der Betrüger, die man darum nicht beneiden darf.

Herr Duhaucourt hatte eine weitere, minder gehässige Zugabe; eine sehr hübsche Tochter, die reich sein mußte, was die Augen über die wenig schmeichelhaften früheren Verhältnisse ihres Herrn Vaters zudrücken ließ. Uebrigens ist man überhaupt hinsichtlich der reichen Leute sehr tolerant, und drückt gern die Augen zu, wenn man von ihnen zur Tafel, zu Bällen, Theevisiten und anderem derartigen Tändelkram eingeladen wird, ohne welchen man vor Langeweile stürbe.

Girardière hatte es wie Andere gemacht: wenig bekümmert um die Art, auf welche Herr Duhaucourt sein Vermögen gesammelt, entschloß er sich, um die Hand seiner Tochter zu bitten. In dieser Absicht kleidete er sich schwarz an, und machte ihm seine Aufwartung.

Man führte ihn in einen prächtigen Salon, in welchem er den Herrn vom Hause, eingehüllt in einen Schlafrock von Persienne, in weiten, mit Fuchspelz ausgefütterten Pantoffeln, den Kopf mit einem Brüsseler Foulard umwunden, antraf, der, auf einem Divan sitzend, oder vielmehr liegend, einem seines Harems überdrüssigen Pascha glich.

Herr Duhaucourt kannte Girardière, weil er ihm in den Salons von Paris oft begegnet war und ihm einige Actien von einer Unternehmung, die kein besseres Resultat gewährte, als die andern, angehängt hatte; er hielt ihn für reich, weil dieser so artig war, nie nach der Dividende, noch nach den Interessen seines Geldes zu fragen.

Als er ihn bemerkte, beliebte es ihm, von seinem Divan halb aufzustehen und ihm die Hand zu reichen, indem er ausrief: »Ah, guten Tag, lieber Freund, es freut mich sehr, daß Sie mich besuchen, nehmen Sie doch Platz. Verzeihen Sie, daß ich Sie in meinem Hausanzug empfange, allein ich legte mich sehr spät schlafen ... wir haben bis heute früh um fünf Uhr gespielt; die Partie ging sehr hoch ... das Billet galt tausend Franken ... mit drei Damen gewann ich den ganzen Satz ... das ist herrlich ... mit was kann ich Ihnen dienen?«

Girardière nimmt einen Sessel, sieht mit Vergnügen, daß Frau Duhaucourt nicht anwesend ist, denn er fürchtet irgend eine Ungeschicklichkeit, die ihr mißfallen könnte, zu begehen. Er setzt sich, fängt ein Gespräch an, das er unmerklich auf die Heirath führt, endlich gelangt er zum Zweck.

»Herr Duhaucourt, mein Besuch hat seinen Grund, den ich Ihnen mittheilen will: Ich wünsche zu heirathen, ich verzichte auf die Narrheiten des Hagestolzenlebens, und will mich von nun an nur mit meiner Frau und den Kindern, die mir der Himmel ohne Zweifel schenken wird, beschäftigen; das muß für einen Mann die höchste Glückseligkeit sein.«

Herr Duhaucourt, der, in seinen Schlafrock sich wickelnd und seine Schenkel streichelnd, Girardière angehört, fing an zu lachen, und antwortete ihm: »Mein Freund, Sie müssen heirathen, wenn Sie Lust dazu verspüren, und eine gute Partie machen können, ich meine, eine Geldpartie, denn nur diese sind gut; man muß seinen Namen wie seine Kapitalien zu hohen Zinsen anlegen.«

»Ich versichere Sie, daß mich durchaus nicht das Interesse zu dem Schritte, den ich heute bei Ihnen thue, bewegt; ich habe das Glück gehabt, schon mehrmals in den Salons mit Ihrer Fräulein Tochter zusammen zu kommen, sie gefällt mir sehr, weßhalb ich heute bei Ihnen erscheine, um Sie um die Hand derselben zu bitten.«

Herr Duhaucourt setzt sich aufrecht auf den Divan hin, betrachtet Girardière, wie wenn er ihn noch nicht recht gesehen hätte, und er es verdiente näher betrachtet zu werden; dann sagt er in einem nicht mehr scherzenden Tone zu ihm: »Sie bitten um die Hand meiner Tochter?«

»Wenn Sie es gütigst erlauben.«

»Ah, beim Teufel! das ist ein großer Unterschied, ich war nicht auf dieses gefaßt ... das ist von Wichtigkeit und verdient unsere ganze Aufmerksamkeit. Ich gestehe Ihnen, ich kenne Sie sehr oberflächlich, ich glaubte, Sie nehmen in der Welt eine geringe bürgerliche Stellung ein, allein nach dem mir so eben gemachten Vorschlag habe ich mich getäuscht; ich setze voraus, daß Ihr Vermögen wenigstens dem meinigen gleich kommt. Entschuldigen Sie mich, lieber Herr Girardière, daß ich Sie bisher so leichthin behandelt habe.«

Girardière weiß nicht, was er antworten soll, dieser Anfang bringt ihn in Verlegenheit; indeß drückt er mit Inbrunst die Hand, welche Herr Duhaucourt ihm reicht; darauf betrachtet dieser ihn scharf und fährt fort: »Zwischen Personen, wie wir sind, geht man schnell zum Zweck über. Nun! wie viel beträgt Ihr Activvermögen, sowohl in unbeweglichen Gütern, als in baarem Gelde?«

Girardière rückt seine Brille auf die Nase vor und langt mit der Hand auf den Kopf, indem er wiederholt, »Mein Activvermögen? meine Activa wollen Sie wissen? darüber fragen Sie mich?«

»Ja, oder mit andern Worten, das Vermögen, das Sie wirklich besitzen; die Activa sind das, was man hat, die Passiva das, was man schuldet, das weiß Jedermann.«

»O! was die Passiva betrifft, so habe ich gar keine! Ich schmeichle mir, keinen Heller zu schulden.«

»Das würde nichts ausmachen. Besitzen Sie fünfmalhunderttausend Franken Activa und schulden Sie dagegen sechsmalhunderttausend, das hindert Sie nicht, ein Kapitalist von fünfmalhunderttausend Franken zu sein, weil man seine Schulden nicht alle bezahlt ... man kann sich vergleichen. Kurz, wie viel Vermögen haben Sie?«

»Ich habe tausend Thaler Renten!« antwortet Girardière mit verstärkter Stimme.

Duhaucourt richtet den Kopf vorwärts und erwiedert: »Ich hab's nicht recht gehört, nicht gut verstanden.«

»Ich habe die Ehre, Ihnen zu sagen, daß ich dreitausend Franken Renten von der Staatskasse zu beziehen habe.«

Duhaucourt sinkt auf seinen Divan zurück, legt die Füße auf die Kissen und dreht sich in seinem Schlafrock herum, indem er laut lacht.

»Ha! ha! ha! der Spaß ist herrlich ... ich nahm die Sache ernstlich ... ha! ha! ha! das ist sehr drollig ... Girardière ist ein Teufelskerl, ich wußte nicht, daß er in diesem Punkte den Possenreißer spielt ... das ist sehr scherzhaft!«

»Wie? Possenreißer!« antwortet Theophilus mit gekränkter Miene. »Ich spaße durchaus nicht ... Ich besitze tausend Thaler Renten. Ich glaube, dies ist für einen Mann nicht übel. Ich will aber nicht wissen, wie viel das Heirathsgut Ihrer Fräulein Tochter beträgt, ich bitte um ihre Hand, das genügt mir.«

»Ha! ha! ha! sehr hübsch! sehr vorzüglich! meine Tochter mit zweimalhunderttausend Franken Heirathsgut würde einen Herrn mit Nichts heirathen ... das ist köstlich!«

»Inwiefern nichts ... habe ich es Ihnen nicht so eben vorgezählt!«

»Oder beinahe Nichts! O! ich sage Ihnen, daß Sie sehr unterhaltend sind, wenn Sie wollen. Ich wette, daß Sie diesen Antrag einer Wette wegen gemacht haben.«

Girardière steht auf und erwidert darauf: »Es ist von keiner Wette die Rede; wenn Ihnen mein Vorschlag nicht gefällt, so haben Sie keinen Grund, mich in's Gesicht auszulachen. Ich lasse mich nicht zum Besten halten.«

»O! o! köstlich ... sehr gut gesagt. Sie kommen da mit einem Sprüchwort, nicht wahr? Meine Tochter Ihre Frau? Aber, armer Jüngling, da müßte man Ihr ganzes Kapital an den Brautschmuck hängen! Sie thun besser daran, bei einer Unternehmung, die ich veranstalte, Aktien zu nehmen.«

»Bitte um Entschuldigung, für *diese Partie* danke ich meinerseits,« antwortet Girardière spöttisch, drückt seinen Hut tief in das Gesicht und verläßt den Salon, während Herr Duhaucourt fortlacht und sich auf seinem Divan herumwälzt.

Fünftes Kapitel

Zu häßlich

»Diese Geldmenschen sind unausstehlich!« sagte Girardière beim Heraustreten aus Herrn Duhaucourts Hause. »Sie haben ein trockenes Herz, eine schmutzige Seele. Das Glück ihrer Kinder bekümmert sie wenig, sie kennen nur das Gold! *Auri sacra fames,* sagt Virgil. Ueberdies habe ich mich an den unrechten Ort gewendet, ich wäre in dieser Familie nicht glücklich gewesen, ich, der ich einen einfachen Geschmack und bescheidene Gewohnheiten habe; ich hätte einen großen Aufwand machen müssen! Nein, das brauche ich nicht! Glücklich der, welcher im Schooße seiner Hausgötter ... weiter weiß ich die Stelle nicht ... ich will mich an ein Frauenzimmer mit einem mäßigen Vermögen wenden, die eben so viel oder beinahe so viel hat als ich, das reicht wohl hin. Dieser Herr Duhaucourt würde mir seinen Reichthum verleiden.«

Es verflossen keine acht Tage, als Theophilus Girardière, immer schwarz gekleidet und in den schönsten Handschuhen, bei Frau Belleville seine Aufwartung machte.

Frau Belleville war die Wittwe eines alten Offiziers, der ihr bloß ein bescheidenes Vermögen und eine eben so bescheidene Tochter hinterlassen hatte. Abstammend von sehr reichen Eltern, hatte sich Frau Belleville dem Willen derselben, einen Kapitalisten zu heirathen, entgegengesetzt, um den jungen Offizier, der ihr gefiel, zu heirathen, und wurde deßhalb enterbt; allein die Liebe ihres Gatten ersetzte ihr Alles, und seit seinem Tode, der schon vor mehreren Jahren erfolgt war, beweinte sie ihn unaufhörlich. Frau Belleville war sehr empfindsam; sie verehrte ihre Tochter und wollte sie nur einem Manne, der sie vergöttern würde, geben. Ein sittsames Gefühl und eine vernünftige Liebe durfte man nicht an den Tag legen, um diese zärtliche Mutter zu fesseln, die romantische Liebe allein machte Eindruck auf die extravagante Frau Belleville, welche ihr Leben mit Erzählungen ihrer frühern Liebschaften, mit Weinen und Schnupfen zubrachte.

Girardière wurde in ein kleines Zimmer, dessen düstere Tapezierung Traurigkeit einflößte, eingeführt. Frau Belleville saß in einem

Lehnstuhl neben dem Feuer, hielt in der einen Hand eine Tabaksdose, in der andern ein Taschentuch, und hinter ihr lagen zur Vorsicht noch zwei weitere Taschentücher.

Frau Belleville war wenigstens fünfundfünfzig Jahre alt; ihre beständig von Thränen befeuchteten Augen und ihre mit Tabak stets vollgestopfte Nase hatten ihre Gesichtsbildung sehr verdorben, und ihr schwarzgrauer Traueranzug trug nicht wenig dazu bei, ihr das Aussehen einer Wahrsagerin oder Kartenschlägerin zu geben.

Girardière verbeugte sich tief, indem er sehr aufmerksam um sich blickte, ob kein Hund in der Nähe sei, den seine Gegenwart erschrecken könnte, allein er bemerkte keinen und setzte sich auf einen Stuhl, den ihm die Hausfrau, einen tiefen Seufzer ausstoßend, anbot.

»Es ist sehr liebenswürdig von Ihnen, Herr Girardière, daß Sie mich besuchen,« sagte die Wittwe, ihm die Hand reichend. »Sie kommen wohl, um Ihre Thränen mit den meinigen zu vereinen und mir Blumen auf das Andenken meines Mannes streuen zu helfen. Ach! bald sind es vierzehn Jahre, daß er gestorben ist, dieser theure Freund, jetzt wäre er dreiundsechzig Jahre alt.«

Frau Belleville weinte, schnäuzte sich und schnupfte.

Girardière, ein wenig gerührt über diesen Anfang, blinzelte, um sich das Ansehen zu geben, als sei er von Schmerz ergriffen, und suchte zur Hauptsache selbst zu kommen.

»Frau Belleville! Ihr Schmerz ist gewiß sehr gerechtfertigt! ich theile ihn; doch nach vierzehn Jahren ... Sie haben eine Tochter ... eine sehr schöne, sehr anziehende Tochter!«

»Ich weiß es sehr gut; aber eine Tochter ist kein Gatte, mein Mann war ein Geliebter ... der mich entführt hatte, denn ich wurde entführt, Herr Girardière! ... Mitten in der Nacht, bei einem schrecklichen Wetter haben wir uns auf den Weg gemacht; wir sind zwar gefahren, allein wir haben mitten auf der Straße umgeworfen und er hielt mich fest in seinen Armen; um alles Geld in der Welt hätte er mich nicht losgelassen! So liebte mich dieser Mann!«

Frau Belleville schnupfte, schnäuzte sich und weinte.

Herr Girardière hielt sein Taschentuch an seine Augen ... um seine Brille abzutrocknen, und nahm das Wort: »Frau Belleville, ein sehr wichtiger Beweggrund führt mich zu Ihnen: ich wünsche zu heirathen, ich verzichte auf die Thorheiten des Hagestolzenlebens; von nun an will ich mich nur mit meiner Frau und den Kindern, die mir der Himmel ohne Zweifel schenken wird, beschäftigen, das muß für einen Mann die höchste Glückseligkeit sein, und ich schmeichle mir, daß ...«

»Ah! Sie sind Willens, zu heirathen, Herr Girardière? Sie sind also verliebt, leidenschaftlich verliebt, denn ich kenne keine Heirath ohne Liebe; hiezu bedarf es vieler Liebe!«

»Ich werde sehr verliebt werden, wenn ich das Jawort der Eltern und ihrer Tochter haben werde.«

»Sie werden erst verliebt werden, wenn Sie das Jawort der Eltern haben? Das heißt: Ihr Herz wartet auf die Erlaubniß einer Mutter oder eines Oheims, um sich zu verlieben! Sie sprechen von der Verliebtheit, gerade wie man sagt: Sobald ich meinen Spaziergang gemacht habe, werde ich zu Mittag speisen; oder ich werde mich heute Abend im Theater gut unterhalten, wenn der und der Schauspieler auftritt. Ach! pfui, pfui! ... Sie haben keinen Begriff von Liebe, Sie entheiligen dieses Wort! Ach, mein Mann war verliebt! Er wäre zu Allem fähig gewesen, wenn ich ihm Gegenliebe verweigert hätte! Das Schwert, Feuer, Gift, Alles hätte er zu Hülfe genommen. So laß ich mir's gefallen, das heiße ich lieben; wenn ich je meine Tochter verheirathe, so muß man sie auf diese Art lieben, oder man wird sie nicht bekommen; das ist mein letztes Wort.«

Girardière sah ein, daß er in einem andern Tone sprechen müsse, um sich angenehm zu machen; er stieß nun solche Seufzer aus, daß die Asche vom Kamin im Zimmer herumflog, und zerraufte seine Haare, um sich ein Theilnahme erregendes Aussehen zu geben; endlich schlug er sich mit krampfhafter Miene vor die Stirne. Alles dies interessirte die Wittwe, die ihm mit den Worten ihre Dose darbot: »Nun, lieber Freund, ich habe mich vielleicht getäuscht, oder Sie haben sich schlecht ausgedrückt. Ihre Gemüthsbewegung, Ihre Seufzer ziehen mich an; erzählen Sie mir Ihre Leiden; in wen sind Sie verliebt, mein theurer Girardière?« – In Ihr Fräulein Tochter, um welche ich anhalte ... die ich vergöttere! – »In meine Tochter! ... Wie,

Sie sind in meine Cöline verliebt? ...« – Leidenschaftlich! – »Leidenschaftlich, das ist sehr gut ... und wenn ich sie Ihnen verweigere ...« – Dann sterbe ich vor Kummer! – »Vor Kummer ... hm! mein lieber Freund, das Sterben vor Kummer geht manchmal sehr langsam ... Es gibt Personen, die es mit ihrem Kummer über achtzig Jahre treiben. Ich möchte Ihnen lieber einen raschern Tod wünschen ...« – Ich aber wünsche mir noch gar keinen Tod, sondern ziehe die Heirath mit Ihrer Tochter vor. – »Ich begreife es; allein sie bekommt nur ein kleines Heirathsgut.« – Das ist mir einerlei ... bloß *sie* will ich ... – »Das ist sehr gut gesagt ... Sie erinnern mich an meinen Mann ... jenen zärtlichen Freund! ... Er wünschte auch bloß eine Hütte und mein Herz! ... und Rostbraten zum Mittagessen ... Er hielt sehr viel auf Rostbraten! ... Theilt auch meine Cöline Ihre Liebe?« – Ich habe noch nicht gewagt, ihr meine Liebe zu erklären; in meinen Augen allein dürfte sie das Geheimniß meines Herzens lesen. – »In Ihren Augen allein? ... das ist sehr abenteuerlich ... Sie sind schüchtern, mein Theuerster, allein ich tadle Sie deßhalb nicht, das ist in unsern Tagen eine seltene Eigenschaft! Uebrigens ein tiefes Gefühl kann sehr schüchtern oder sehr keck machen: die beiden Extreme berühren sich. Mein lieber seliger Mann war sehr keck, o! o! o! was war das für ein Gatte!« – Wenn ich Ihrer Fräulein Tochter gefiele? – »O! dann gebe ich sie Ihnen zur Frau ... Ich kenne die Liebesqualen zu gut, als daß ich sie nicht mitempfände. Ich will Cöline kommen lassen; ich werde den Eindruck, den Ihr Aeußeres auf sie hervorbringen wird, beobachten und sie darum befragen; sie ist die Unschuld selbst, ich werde leicht in ihrem Herzen lesen.«

Frau Belleville läßt ihrer Tochter sagen, sie möge zu ihr kommen. Girardière wirft einen Blick in den Spiegel, macht seine Halsbinde zurecht, ordnet seine Haare, reibt sich die Wangen, daß sie Farbe bekommen, und erwartet mit Ungeduld die Ankunft von Fräulein Cöline.

Das junge Mädchen tritt in das Zimmer ihrer Mutter, indem sie an einem Gerstenzuckerstängelchen lutscht. Fräulein Cöline hatte nichts Romantisches in ihrem Benehmen und Aeußern; lachend grüßt sie Herrn Girardière, zerbricht ihr Zuckerstängelchen und gibt die Hälfte ihrer Mutter mit den Worten: »Es ist sehr gut ... es ist Citronensaft dabei ... Helene hat es mir gegeben; ich glaube, es ist von Rouen.«

Frau Belleville schlägt den Gerstenzucker aus und sagt ganz leise zu Theophilus: »Sie haben keinen Eindruck auf sie gemacht.«

»Thut nichts, wollen Sie gefälligst mit ihr einige Worte wegen meiner reden.«

Frau Belleville winkt ihrer Tochter und spricht ihr in's Ohr. Fräulein Cöline dreht sich darauf um, Girardière zu betrachten, bricht in ein Gelächter aus und springt schnell aus dem Zimmer, nachdem sie einige Worte zu ihrer Mutter gesagt hat, welche sie vergebens zurückhalten will.

Der Ehestands-Candidat weiß nicht, was er von dem plötzlichen Verschwinden des jungen Mädchens denken soll; er nähert sich ihrer Mutter und sagt zu ihr: »Nun, Frau Belleville?«

Frau Belleville greift, bevor sie antwortet, in ihre Tasche, zieht ein doppeltes Perspectiv heraus, womit sie aufmerksam Girardière betrachtet, und murmelt zwischen ihren Zähnen: »Es ist wahr ... Cöline hat Recht ... wenn ich Sie mit meinem Perspectiv bälder betrachtet hätte, so würde ich für meine Tochter geantwortet haben ... ich habe seit einiger Zeit so viele Thränen vergossen, daß mein Gesicht äußerst geschwächt ist; ich sehe kaum ohne Perspectiv ... ich hielt Sie für viel schöner! ja, ich hielt Sie sogar für sehr schön ... o! mein Gesicht nimmt alle Tage mehr ab! ich merke es heute wieder.«

»Was soll das heißen?«

»Das will so viel heißen, daß meine Tochter Sie nicht heirathet, weil Sie ihr zu häßlich sind! und sie hat in der That Recht ... Sie können einem jungen Mädchen unmöglich Liebe einflößen! Wenn ich bei Ihrer Ankunft mein Perspectiv genommen hätte, so hätte ich Ihnen dieses sogleich gesagt. Glauben Sie mir, Herr Girardière, verzichten Sie auf die Hoffnung, eine Partie aus Liebe zu treffen ... heirathen Sie aus Convenienz ... allein denken Sie nicht mehr an meine Tochter! ...«

Girardière hatte das Ende dieses Gesprächs nicht mehr ruhig angehört, er stand auf, ging im Zimmer auf und ab, nahm seinen Hut und erwiderte, indem er zu lachen sich bemühte: »Meiner Treu, wenn Ihr Fräulein Tochter mich zu häßlich findet, so wollen Sie gefälligst glauben, daß mich das wenig kümmert; übrigens war ich nie in sie verliebt und ich werde ohne Mühe Frauenzimmer treffen, die mir mehr Gerechtigkeit widerfahren lassen und mich besser zu schätzen wissen.«

Darauf entfernte sich Girardière, indem er zu sich selbst sagte: »Die Tochter ist eben so dumm wie die Mutter ... und der Teufel mag wissen, wo die ihr schlechtes Perspektiv her hat!«

Sechstes Kapitel

Zu alt

»Wenn man mein Vermögen nicht groß genug findet, so geht das noch an,« sagte Girardière, über seinen Besuch bei Frau Belleville nachdenkend, zu sich selbst, »wenn man mir aber sagt, ich sei häßlich, so ist das abgeschmackt! ... Das nimmt man zum Vorwand, mich abzuweisen! ... Ach! warum habe ich doch das Hündchen der Frau Grandvillain erschreckt, ich hätte ihre Tochter zur Frau bekommen ... Sie fand mich nicht häßlich, jene junge Person ... die Eltern fanden mich auch reich genug! ... Doch es gibt noch viele Frauenzimmer zu heirathen in der Welt ... und wie meine ehrwürdige Mutter sagt, ich bin nur wegen der Wahl in Verlegenheit ... indessen sind mir schon mehrere Wahlen entwischt. Das ist ein Unglück.«

Mehrere Tage lang schwankt Girardière unentschlossen über die neue Anfrage, die er stellen will; endlich fällt ihm ein Haus ein, wohin er öfters ging, bevor er sich in der großen Welt herumbewegte, ein Haus von ganz aufrichtigen, freimüthigen, geradsinnigen Bürgersleuten bewohnt, bei denen man keinen Besuch machen kann, ohne daß sie einen zum Mittagessen bei sich behalten, und die nicht zufrieden sind, wenn man sich bei Tisch nicht toll und voll ißt.

So beschaffen war das Haus Herrn Lapoucette's, eines alten Kunstschreiners, der in Zurückgezogenheit lebte. Die Familie bestand aus Vater, Mutter, zwei Tanten und drei Töchtern; die Fräulein waren noch sehr jung, als Girardière der Tischgenosse des Hauses war. Allein seit den fünf Jahren, während deren er nicht mehr dahin kam, hatten diese jungen Mädchen wohl wachsen müssen. Damals war die eine elf, die andere dreizehn und die älteste vierzehn Jahre alt: fünf Jahre hatten sie zu Frauenzimmern gemacht, die zum Heirathen wohl fähig sein durften.

»Vielleicht ist eine oder zwei davon verheirathet,« sagte Girardière zu sich; »allein es ist nicht wahrscheinlich, daß sie es alle sind. So viel ich mich erinnere, waren sie alle drei sehr artig; das Alter wird ihre Anmuth nur noch mehr entwickelt haben ... Meiner Treu, ich werde die nehmen, die noch frei ist; man hatte mich in diesem Haus sehr gern. Laßt uns nun zu diesem guten Lapoucette zurückkehren; es ärgert mich, nicht eher an ihn gedacht zu haben.«

Nachdem Girardière seine Anstandstoilette gemacht hatte, begab er sich zu seinem alten Freunde Lapoucette.

Eine Tante öffnete ihm die Thüre; als sie ihn sah, schrie sie: »Ei! stehen die Todten wieder auf! ich glaube wahrhaftig, das ist Herr Girardière!« – Er selbst, meine theure Dame. – »Ach! welch' Wunder, Sie zu sehen! Laurentia, Anna, Cäcilie, Schwestern! ... Herr Girardière ist da! ...«

»Herr Girardière ist da!« wiederholte man auf allen Seiten, und bald springt die ganze Familie herbei. Die Schwestern, die Mutter, der Vater, die Kinder, Jedes beeilt sich, den alten Freund zu empfangen, ihn an der Hand zu nehmen, sie freundschaftlich zu drücken, ihm seine lange Vergessenheit liebenswürdig vorzuwerfen. Es scheint, der verlorene Sohn sei gekommen, und man wolle ein Freudenmahl anstellen, denn bereits ruft der Hausherr aus: »Du wirst mit uns zu Mittag speisen ... o Du mußt mit uns speisen ... wir behalten Dich da; nein, wir lassen Dich nicht gehen; Frau, besorge das Mittagessen, tische uns auch einige Leckerbissen auf: Girardière war sonst ein Lecker, er wird es noch sein. Diese Eigenschaften vermehren sich *mit den Jahren*. Die Vorliebe für eine gute Tafel schadet uns nie.« – Mein Freund, mein theurer Freund!« sagt Girardière, die Hand vor seine Augen haltend, »ich bin so gerührt, fühle mich über Ihre Aufnahme so geschmeichelt, daß ich in Wahrheit glaube ... – »Nun, mache keine Dummheit, altes Kameel ... erwärme Dich, das ist besser als weinen; hier sind wir eher gewöhnt, zu lachen.«

Herr Lapoucette war ein kleiner, sehr dicker Mann von sehr gutem Aussehen; sein Empfang war schon ein Beweis von seiner Gesundheit und guten Laune. Er heißt Girardière sitzen und sagt zu ihm: »Du hast uns seit fünf Jahren nicht besucht ... es war Dir nicht möglich, nicht wahr? ... ach, mache Dir darüber keine weitern Mucken, wir haben uns nicht im Zorne getrennt, und kommen wieder als gute Freunde zusammen. So muß man sich gegen einander benehmen, wenn man sich liebt. Sei nun gerade so, wie wenn Du immerfort in unser Haus gekommen wärest.« – Mein lieber Lapoucette, sei überzeugt, meine Freundschaft ist immer die nämliche geblieben. – »Daran habe ich nie gezweifelt, mein Freund, aber Dein Gesicht zum Beispiel ist nicht dasselbe geblieben, wie Deine Freundschaft ... Du hast gealtert ... o! Du hast sehr gealtert ... Deine Haare liegen in der Picardie ... Ha! ha! ... Du weißt, immer noch mein alter Witz ... Du magst Deine siebenzehn Haare, die Dir noch bleiben, über Deine Stirne streichen, wie Du willst ... Du schlägst den Rappell ... ha! ha! ha!«

Girardière, dem das alte Kameel schon schwer in den Magen gefahren war, biß sich in die Lippen und erwiderte: »Ich weiß nicht, ob ich gealtert habe; allein ich weiß nur, daß ich mich sehr wohl befinde und eine köstliche Gesundheit besitze.« – Ah! mein Freund, das ist die Hauptsache. Ueberdies, müssen wir nicht Alle alt werden? gilt dies Gesetz nicht für Jedermann? Lebt Deine Mutter noch? – »Ja wohl, sie lebt immer noch?« – Die muß vollends erstaunlich alt und gebrechlich sein. – »Doch nicht, sie ist sehr wohl auf.« – Um so besser, um so besser, aber meine Töchter haben sich seit fünf Jahren verändert! ... sie sind nicht häßlich geworden ... im Gegentheil ... kommt doch näher, daß mein Freund Girardière seine Bekanntschaft mit euch erneuere.«

Die drei Fräulein Lapoucette springen ihrem Vater zu und lächeln liebenswürdig gegen den alten Familienfreund, der mehr als einmal sie auf seinen Knieen geschaukelt und ihnen Bonbons gegeben hat.

Girardière bleibt in Bewunderung vor den jungen Mädchen stehen, deren Vater stolz ausruft: »Nicht wahr, sie sind nicht übel?« – Diese Fräulein sind entzückend, blendend! ... – »O! entzückend! Du gebrauchst solche Worte, deren man sich in der Welt bedient, wenn man lügen will! Sie sind hübsch, und noch mehr: sie werden gute Hausfrauen werden. Das ist meiner Ansicht nach das Wesentlichste.« – O! mein Freund, Du hast Recht! das ist die Hauptsache ... darauf muß man sehen.«

Indem Girardière das sagte, ließ er seine grüngrauen Augen auf den drei jungen Mädchen ruhen, noch ungewiß, welcher er den Vorzug geben sollte.

Der Papa nahm seine ältere Tochter an der Hand und sagte: »Das ist Laurentia, neunzehn Jahre alt. O! das ist ein vernünftiges Mädchen; sie zankt ihre Schwestern, wenn sie nicht arbeiten ... sie ist übrigens ein gutmüthiges Kind und versteht sehr gut Confect zu machen. Erinnerst Du Dich nicht, wie schlimm sie als Kind war? Ihre Mutter wollte sie einmal peitschen. Du batest um Gnade für sie ... es ist etwa sechszehn Jahre seitdem ... o ja, wenigstens sechszehn Jahre.« – »Das Fräulein hat sehr viel Ähnlichkeit mit ihrer Mutter,« erwiderte Girardière, um sich bei den Erinnerungen früherer Zeiten nicht zu lange aufzuhalten, und auf ein anderes Gespräch einzulenken.

»Du glaubst? ... ich bin nicht Deiner Meinung. Das da ist Anna, die muthwillige Anna, sie geht in's achtzehnte Jahr! ... Erinnerst Du Dich noch: als Du hier zu Mittag aßest und sie das Gehen lernte, machte sie Dich unwillig, denn sie wollte immer auf Deinen Armen sein ... Ach, damals war sie nicht so schwer.« – Fräulein Anna gleicht Dir. O, das bist Du! ... Das ist Dein Bild ... sie hat sogar Deine Nase ... – »Warum nicht gar! mir, der ich ein rundes Gesicht und blutrothe Wangen habe, während Anna ein ovales Gesicht und eine blasse Farbe hat! ... Ich weiß nicht, wo Du Deine Aehnlichkeiten hernimmst ... Das hier ist Cäcilie, die böse Cäcilie! ... sie war als Kind sehr gutwillig. Vorgestern war sie fünfzehn Jahre alt ... Doch Du mußt ihr Alter wissen, denn Du warst bei ihrer Taufe ... Erinnerst Du Dich daran, altes Haus?« – Du meinst, ich sei ... – »Ja, ja, Du hast sogar so viel Zuckerbackwerk dabei gegessen, daß es Dir übel wurde! ... ei, sieh' nur, Girardière, wie das Alles heranwächst! ...«

Girardière hielt die Betrachtungen seines Freundes für sehr unnöthig und fing immer ein neues Gespräch an.

»All' die drei Mädchen sind sehr schön; hast Du noch nicht daran gedacht, sie zu verheirathen?« – O! doch, ich denke wohl manchmal daran! ... aber das ist nicht leicht, wenn man kein Vermögen mitgeben kann ... In der That, es thut mir sehr leid darum, allein ich kann meinen Kindern keines geben, denn ich habe nicht mehr, als was ich gerade zu unserem Lebensunterhalt brauche. Die Eltern, welche sich wegen ihrer Kinder von Allem entblößen, sind thöricht, und bereiten sich für ihr Alter den größten Kummer. Man soll meine Töchter ihrer selbst wegen oder soll sie gar nicht nehmen, damit Punktum! – »Man wird sie nehmen, lieber Lapoucette; es werden sich Männer zeigen, zweifle durchaus nicht daran!« – »Wir wollen uns indeß zu Tische setzen.«

Man setzte Girardière zwischen die Fräulein Laurentia und Anna, die zwei älteren. Die Töchter des Herrn Lapoucette waren gegen den alten Freund ihres Vaters sehr zuvorkommend. Es wurde ihm die größte Freundschaft erwiesen. Der Papa schenkte ihm unaufhörlich zu trinken ein, die Mama wollte beständig seinen Teller füllen, Laurentia reichte ihm Salz, Anna fürchtete, die Tischfüße möchten ihn hindern, und die kleine Cäcilie bot ihm lächelnd Gurken oder Zwiebelchen an.

Selbst die zwei Tanten, deren jede fünfzig Jahre vorüber war, schloßen sorgfältig die Thüren hinter ihm, und fragten ihn, ob er nicht einen Schemel unter seine Füße wolle, ob er denn keine Perrücke trage, nicht vom Luftzug leide?

Girardière wußte nicht, auf wen er zuerst hören sollte, und sagte zu sich: »Die guten Leute! ... welch' artige Familie! ... ich begreife nicht, daß die Alten immer thun, als ob ich Wunder wie alt wäre! die Mädchen haben noch keine Silbe deßhalb geäußert, sie haben zwar kein Heirathsgut, allein sie besitzen Anmuth, Liebenswürdigkeit, Talente und ohne Zweifel auch *sonst gute Eigenschaften* ... Ferner kenne ich Lapoucette, er ist ein munterer Kopf, der gemächlich lebt ... er will seinen Töchtern nichts geben, aber am Ende werden sie nach seinem Tode immerhin noch Etwas bekommen, das kann ihnen nicht fehlen.«

Girardière vergaß, daß er so alt wie Lapoucette, und daß es folglich sehr ungereimt von ihm war, auf dessen Erbschaft Hoffnungen zu gründen. Allein wie wir am Anfang dieser wahren Geschichte gesagt haben, Theophilus Girardière wollte bloß dreißig Jahre alt sein; er maßte sich immer an, jung zu scheinen, und glaubte am Ende selbst, er sei es noch; er glich hierin jenen Leuten, denen das Lügen so zur andern Natur geworden, daß sie ihre eigenen Lügen für wahr halten.

Die Fräulein Lapoucette waren sämmtlich sehr liebenswürdig und namentlich sehr heiter; die eine zeigte, wenn sie lachte, die schönsten Perlenzähne, die andere hatte Augen voll des anziehendsten Ausdrucks; die dritte endlich hatte eine so liebliche Stimme, daß man gerührt wurde, wenn man sie nur sprechen hörte.

Girardière richtete unaufhörlich seine Blicke von der einen auf die andere dieser drei Mädchen, indem er sich selbst fragte: »Soll

ich um die Aeltere bitten? ... aber die Kleine ist so verführerisch ...
Fräulein Anna überhäuft mich mit Gefälligkeiten ... Ich komme sehr
in Verlegenheit. O, wenn wir in der Türkei wären, ich heirathete sie
alle drei! ...« – »Du ißest und trinkst gar nicht,« sagte Herr
Lapoucette, verwundert über die Zerstreutheit seines alten Freundes. »Früher ließest Du Dir es besser schmecken ... an was Teufels
denkst Du denn? Du siehst an die Decke hinauf ... hast Du Zahn-
weh?« – »Nein, mein lieber Freund, mir fehlt es nirgends; ich versichere Dich, daß ich sehr viel esse ... Deine Töchter kommen mir so
liebenswürdig vor ... daß ich davon ganz entzückt bin.« – Das sollte
Dich aber am Essen nicht hindern ... Ah! ehemals warst Du ein so
guter Tischgenosse. Erinnerst Du Dich noch, wie wir in den *guten
Hammelsfüßen* mit einander speisten ... das ist heut zu Tage ein sehr
schöner Gasthof zur *Burgunder Weinlese* genannt; damals war es
eine einfache Wein- und Speisewirthschaft ... wir gingen Sonntags
sehr oft hin ... es ist seitdem fünfundzwanzig Jahre, ich glaube sogar
siebenundzwanzig ... – »Warum nicht gar fünfzig ... ich bitte noch
um ein wenig Geflügel,« rief Girardière, der sich lieber den Magen
verderben, als seinen Freund Geschichten aus ihrer Jugend citiren
hören wollte.

Theophilus aß auf's Neue, indem er sagte: »Ausgezeichnetes Geflügel ... köstliches Gethier ... sehr gut gekocht ...«

Aber Lapoucette ließ sich in seinen alten Geschichten nicht irre
machen, sondern wiederholte immer: »Es ist sicher wenigstens siebenundzwanzig Jahre, denn ich war noch nicht verheirathet ... es
war wohl vorher ...« – »Zu trinken ... wenn ich bitten darf. Willst Du
mir gefälligst einschenken!« schrie Girardière, sein Glas hinhaltend,
»Dein Wein ist gut ... ja, er ist sehr gut ... ich bin ein Kenner davon!«
– »So ist es recht; nun wachst Du auf,« sagte Lapoucette, indem er
seinem Freunde das Glas vollfüllte.

Der arme Girardière schluckte, indem er zu sich sagte: »Wenn er
fortwährend von dem, was wir früher gethan, spricht, dann bekomme ich gewiß noch eine Magenüberladung.«

Endlich war das Mittagessen vorüber. Man ging in den Salon.
Fräulein Laurentia spielte herrlich das Piano, Anna zeigte ihre
Zeichnungen, Cäcilie sang mit vielem Geschmack. Girardière war
ganz verwundert, entzückt, und kratzte sich an der Stirne, indem er

sich frug: »Aber welche soll ich wählen? ... Ach Gott! wenn doch die Vielweiberei nicht verboten wäre! ... Ich muß mich entschließen und zwar ohne zu zögern, denn es könnte bald ein Anderer gerade um diejenige, welche ich gewählt haben würde, freien.«

Theophilus glaubte fest, er dürfe nur wählen. Indessen hätten ihn die Körbe, welche er schon erhielt, weniger vertrauensvoll, weniger eingebildet machen sollen; allein die Erfahrung bessert nicht immer die Menschen; sie sind nur zu oft unverbesserlich.

Naturam expellas furca tamen usque recurret.

(Wenn Du auch die Natur mit der Heugabel vertreibst, sie wird doch immer wieder zurückkehren.)

Nachdem Girardière die Fräulein Lapoucette lange hin und her geprüft und betrachtet hatte, entschied er sich, aber nicht für die ältere, was wenigstens noch das Vernünftigste gewesen wäre; nein, er sagte zu sich: »Cäcilie will ich heirathen, sie ist schwärmerisch.«

Girardière näherte sich seinem alten Freunde und sagte halblaut und mit bewegter Stimme zu ihm: »Ich möchte gerne ... ich fühle einen großen Drang zu ...« – »Mein lieber Freund«, unterbrach ihn Lapoucette, »man wird Dir sogleich ein Licht geben und den Ort zeigen. Ich errathe, was Du suchst.«– »Nein, das meine ich nicht, mein lieber Lapoucette, ich möchte gerne einen Augenblick mit Dir reden ... wir wollen ein wenig in Dein Kabinet gehen, oder in Dein Schlafzimmer, wenn Du kein Kabinet hast, oder in Dein Vorzimmer ...« – Du machst mir Angst, bist Du unwohl ... willst Du ein Glas Zuckerwasser? soll man Dir Thee machen? – »Nein, nein, ich wiederhole es Dir noch einmal, daß ich mit Dir über einen sehr wichtigen Gegenstand zu sprechen wünsche, und daß ich zuerst unter uns davon schwatzen muß.«

Lapoucette, sehr erstaunt, begreift nicht, was sein alter Freund im Geheimen mit ihm zu reden hat, nimmt ein Licht und geht mit ihm in ein anderes Zimmer. Hier sieht er ihn mit einer unruhigen Miene an und sagt: »Nun, was gibt's? will man den Zins auf zwei Procent heruntersetzen?« – Davon ist keine Rede. Vor Allem wünsche ich mit Dir zu sprechen. Höre, mein lieber Lapoucette: seitdem wir uns nicht wieder gesehen haben, hat sich Manches bei mir verändert ... – »Allerdings, ich finde Dich bedeutend verändert. Auch hast Du

Plattfüße.« – Still davon. Mach' mir das Vergnügen, mich anzuhören: Du weißt, daß ich lange Zeit etwas unbesonnen, flatterhaft war. Mit *einem* Wort, das schöne Geschlecht verführte mich zu tausenderlei Thorheiten und Ausschweifungen. – »Dessen erinnere ich mich nicht; 's ist aber auch kein Wunder in der langen Zeit; gleichviel, mach' immer zu!« – Nun, mein Freund, ich bin nicht mehr jener *Joconde*, jener *Faublas*, der bloß an's Vergnügen dachte; ich bin gesetzter, vernünftiger geworden, ja, ich bin sogar sehr gesetzt. – »Den Henker auch! in Deinen Jahren darf man sich wohl *setzen*.« – Sei so gut und höre nun meine Erklärung an. Ich will ohne Umschweife auf den Zweck losgehen, mein lieber Lapoucette. Ich wünsche zu heirathen, indem ich auf die Thorheiten des Hagestolzenlebens verzichte und von nun an mich mit meiner Frau und den Kindern, die mir ohne Zweifel der Himmel schenken wird, beschäftigen will; das muß für einen Mann die höchste Glückseligkeit sein. – »Ah! Du willst heirathen? Meiner Treu, Du thust wohl daran; es ist die höchste Zeit, daß Du daran denkst. Aber ich sehe nicht ein, warum Du ein solches Geheimniß daraus machst, es mir zu sagen.« – Du wirst es sehen, Lapoucette, Du wirst es begreifen. Ich sehe auf kein Vermögen, ich habe schon Mittel, eine Frau zu ernähren! allein ich möchte eine nehmen, die mir gefällt, der ich gefalle und ... – »Die Dir gefällt, das ist möglich, der aber Du gefällst, das wird schwieriger sein, mein alter Freund.« – Lapoucette, willst Du mich anhören? Ich habe meine Wahl getroffen; ich habe so eben die Person, welche mein Leben verschönern soll, gefunden; und ich bitte Dich um die Hand Deiner Tochter Cäcilie, der reizenden Cäcilie!«

Herr Lapoucette reißt die Augen auf und betrachtet seinen Freund, indem er ausruft: »Ah bah! ... sprichst Du im Ernste?« – Im vollen Ernste; gib Dein Jawort und von morgen an werden wir uns mit der Heirath beschäftigen. – »Du willst eine meiner Töchter heirathen, Du Girardière?« – Was ist denn daran so wunderbar? – »Was wunderbar daran ist? Du denkst nicht daran, mein armer Freund! ... Du bist für meine Töchter zu alt!« – Zu alt! Du weißt nicht, was Du sagst. Ich bin in den kräftigsten Jahren. – »Du hast wenigstens fünfzig Jahre auf dem Rücken!« – Das ist nicht wahr, ich bin noch nicht ganz neunundvierzig Jahre alt. – »Und willst ein Mädchen von fünfzehn Jahren zur Frau nehmen ... wählst gerade die jüngste! ... ach! ach! Du bist ein Narr, mein alter Freund, Du bist ein Narr!« – Nun höre, Lapoucette, wenn Du glaubst, die kleine Cäcilie sei noch etwas zu jung, so will ich die zweite heirathen, Fräulein Anna, sie gefällt mir auch sehr. – »Aber Anna ist erst achtzehn Jahre alt! denke doch, in zehn Jahren ist sie immer noch jung, und Du ...«

– Ei, willst Du mir lieber die älteste geben, mir ist's gleichviel, ich nehme die älteste, sie gefällt mir vollkommen! – »Es scheint mir, sie gefallen Dir alle drei ... Ah! ah! der arme Girardière will mein Sohn werden.« – »Ich dachte nicht, daß Du böse werden würdest, mich in Deiner Familie zu sehen,« antwortete Theophilus, den Kopf mit gekränkter Miene in die Höhe richtend.

»Böse, gewiß nicht! ja, wenn Du nur fünfzehn oder zwanzig Jahre jünger wärest ...« – Du willst mich also nicht zum Tochtermann? – »Ach! ich schlage Dir es nicht ab, nur kommt es mir drollig vor, daß Du um eine meiner Töchter anhältst ... o! ich schlage Dir's nicht ab! ich werde mich wohl davor hüten!«

– »Du lieber Lapoucette!«

Girardière nahm seinen Freund an der Hand und drückte sie mit Inbrunst.

»Wenn eine meiner Töchter Dich will, so gebe ich sie Dir gerne zur Frau ... aber sie werden es Dir abschlagen, lieber Alter! ... ah! ah! sie werden Nein! zu Dir sagen.« – Lapoucette, sei so gut und heiße mich nicht *lieber Alter*, erstens ist dies ein sehr gemeines Wort, zweitens höre ich es nicht gerne. – »Also, *nicht lieber Alter*, Du glaubst, meine Töchter werden Dich heirathen wollen?« – Ich hoffe es ... sie haben mir so viel Güte erzeigt, so viel Liebenswürdigkeit bewiesen! – »Weil sie in Dir einen alten Freund ihres Vaters sahen; und Du hast ihre Gefälligkeiten, ihre gute Aufnahme, für Gefallsucht, für Koketterie gehalten; Du dachtest, Du habest ihre Eroberung gemacht! ... Ach! mein alt ... allzu verliebter Freund, ich hatte Dich für vernünftiger gehalten. Aber macht nichts, ich will Dich diesen Mädchen als Bewerber um ihre Hand vorstellen, und Deine Angelegenheit wird sogleich entschieden sein.« – Aber gib Dir nicht das Ansehen, als ob Du spaßest; denke, Lapoucette, daß es mir Ernst ist.– »Sei ruhig, ich weiß gewiß, daß meine Töchter über Deinen Vorschlag nicht lachen werden, aber ich sage Dir, ich werde auf ihren Entschluß auf keinerlei Weise einwirken; ich schwöre es Dir sogar.«

Der Familienvater kehrt mit seinem Freunde in den Salon zurück. Die drei Jungfrauen trieben Muthwillen und lachten vor Girardière: die eine wollte ihm singen, die andere schlug ihm vor, eine Galoppade mit ihr zu tanzen; die jüngste verlangte von ihm, daß er sie im Kreis herumdrille. Girardière war vor Freude entzückt. Er betrachtete seinen Freund mit einer Miene, die sagen wollte: »Sieh', wie man mich liebt! wie man mir schmeichelt! Deine Töchter sehen mich anders an als Du, man wird mich sehr gerne heirathen.«

Herr Lapoucette verlangte einen Augenblick Aufmerksamkeit und sprach in einem sehr ernsthaften Ton: »Meine Kinder, Girardière ist nicht bloß aus dem Grunde, um seine alten Freunde wieder zu sehen, in unser Haus zurückgekehrt; er zielt auf etwas Anderes ab ... er beabsichtigt, sich mit unserer Familie inniger zu verbinden ... mit einem Worte, er wünscht zu heirathen und hat mir die Ehre angethan, bei mir um eine meiner Töchter anzuhalten.«

Die drei jungen Mädchen lachten nicht mehr, blickten ihre Eltern mit Erstaunen an, betrachteten sich untereinander, aber Girardière sahen sie nicht mehr an.

Herr Lapoucette schien eine Antwort von seinen Kindern zu erwarten, allein alle bewahrten ein düsteres Stillschweigen; die Anrede ihres Vaters hatte sie erstarren gemacht. Endlich rief nach einigen Augenblicken die jüngste aus: »Ah! das Alles ist zum Lachen ... ich weiß gewiß, daß es ein Scherz ist ... Papa und der Herr waren im andern Zimmer, wo sie ein Complott gemacht haben, um uns zu foppen. Herr Girardière will sich nicht verheirathen ... mit uns schon gar nicht.« – »Mein Fräulein«, sagte Girardière, eine kunstgerechte Stellung annehmend, »ich schwöre Ihnen, daß Ihr Herr Vater die Wahrheit gesprochen hat. Sie sind alle drei gleich liebenswürdig ... und da es schwer für mich wäre, eine Wahl zu treffen, so werde ich diejenige von Ihnen heirathen, welche die Güte haben wird, meine Hand anzunehmen; ich heirathe sie vom Flecke weg.«

»Ah! gut, ich will nichts davon, nie!« schrie die kleine Cäcilie, indem sie den Mund komisch verzog.

Girardière biß sich in die Lippen und ordnete seine Haarlocken zusammen, seine Blicke nach den älteren richtend, während Herr Lapoucette die jüngste fragte: »Aus welchem Grunde, Cäcilie, willst Du meinen Freund Girardière nicht heirathen?«

»Ah! Papa ... weil ich einen Mann, der mein Großvater sein könnte, nicht zum Gemahl will.«

Girardière machte einen Satz auf seinem Sessel und suchte zu lachen, indem er murmelte: »Ah! ah! das Jüngferchen scherzt!«

Herr Lapoucette bot Allem auf, seine Ernsthaftigkeit zu erhalten und erwiderte: »Dein Großvater ... mein Töchterchen ... Du täuschest Dich ... das ist nicht buchstäblich zu nehmen ... mit einem Wort, Du willst Girardière nicht heirathen; nun zu einer andern. Anna gefällt Dir das Ansuchen meines Freundes? Antworte, meine Tochter!«

Fräulein Anna senkt die Augen und antwortet in einem bescheidenen Tone, aber auf ihre Worte Nachdruck legend; »Herr Girardière ist sehr gütig, daß er mich heirathen will ... allein das ist nicht möglich, weil ich für ihn zu jung bin.« – Das ist eine bessere Antwort,« sagte Lapoucette, während Girardière durch diesen zweiten Korb bestürzt, verstohlene Blicke auf die älteste der drei Jungfrauen richtete.

»Nun ist die Reihe an Dir, Laurentia!« fuhr Herr Lapoucette fort, »willst Du die Frau meines Freundes Girardière werden? Sprich offen; wenn er Dir gefällt, so werde ich mit größtem Vergnügen euch verbinden.«

Fräulein Laurentia antwortet in einem sehr trockenen Tone:

»Hört einmal! Ich den Herrn heirathen! Würde der Herr mit mir tanzen, spazieren, auf's Land gehen? Ich muß mich mit meinem Manne belustigen, mit ihm lachen können. Herr Girardière ist wirklich sehr liebenswürdig, allein ich will einen Mann meines Alters ungefähr, sonst bleibe ich lieber ledig.«

»Es thut mir sehr leid, mein lieber Freund,« sagte Lapoucette, indem er Girardière mit gutmüthig lächelnder Miene anschaute, »aber Du bist abgewiesen ... Du siehst, daß die Antworten einstimmig sind. Wenn es Dir indessen durchaus daran liegt, in meine Familie einzutreten, so nehme eine meiner Schwestern ... die jüngste ist zweiundfünfzig Jahre alt, aber sie ist noch sehr gut conservirt.« – »Schönen Dank, ich bin Dir sehr verbunden!« erwiderte Girardière, indem er zu lachen sich bemühte, um seinen Aerger zu verbergen.

»Alles das wird Dich hoffentlich nicht abhalten, uns ferner zu besuchen,« fügte Herr Lapoucette hinzu, seinen Freund bei der Hand nehmend. »Du bist an unserem Tische immer willkommen, und meine Töchter werden Dich stets sehr liebenswürdig finden, *wofern Du sie nicht mehr heirathen willst.*« – »Ich werde es nicht vergessen,« entgegnete Girardière, nahm schnell seinen Hut, schützte ein Rendezvous vor, und verabschiedete sich von der Familie Lapoucette. Draußen vor dem Haus ließ er seinem Zorn den Lauf und rief aus:

»Du kannst lange warten, bis ich wieder zum Mittagessen komme! ... fünf Jahre lang besuchte ich Dich nicht, es werden aber mehr verfließen, ehe Du mich wiedersiehst ... Schwachköpfige Leute! sie können nichts als lachen und wissen nicht warum ... Seine Töchter sind drei kleine Koketten, nichts Anderes ... Ach! all dies ist nichts im Vergleich zu Fräulein Grandvillain. Welch' ein Unglück, daß ich Azor mißfallen habe!«

Siebentes Kapitel

Zu dumm

Herr Girardière hielt sich nicht für besiegt. Er klagte immer das Schicksal, das Verhängniß an, welches von seiner zartesten Jugend an ihm entgegen gewesen war, so oft er über eine Schöne triumphiren wollte. Dieses arme Schicksal muß viel leiden: in den Augenblicken unseres Aergers, in Unglücksfällen, bei Niederlagen, welche unsere Eigenliebe erleidet, werfen wir alle Schuld auf dasselbe; anstatt uns selbst frei zu gestehen, daß wir einen dummen Streich gemacht, daß wir uns gegen den Takt und die Gewandtheit verfehlt haben, machen wir lieber einen bitteren Ausfall gegen dieses Schicksal, welches an unserem Unglück gewiß am unschuldigsten ist; wir erinnern uns nie jener Worte des heiligen Gregors, die jedem Herzen eingeprägt sein sollten: »Wenn Dir ein Unglück begegnet, so forsche wohl nach und Du wirst finden, daß es immerhin ein wenig Deine Schuld ist.«

Theophilus Girardière, der kluger Weise sich vornahm, dem Schicksal, das ihm den Rücken bot, nicht mehr zu trauen, sagte zu sich selbst: »Warum soll ich auf Schönheit sehen? Die Schönheit vergeht; ein Zufall, ein Unglück, eine Krankheit können ein Gesicht plötzlich ändern ... das sieht man alle Tage; sogar Frauenzimmer, welche eingeimpft waren, bekommen die Pocken! Man darf also die Reize des Gesichts nicht hoch achten. In der Seele, im Geiste, im Herzen muß man dauernde Schönheiten suchen, denn das Herz, die Seele, der Geist bleiben unveränderlich.«

Dieser arme Theophilus Girardière täuschte sich abermals indem er sich einbildete, der Geist bleibe unveränderlich; er hatte sein Zeitalter nicht studirt, er las nicht in den Zeitungen, sprach nicht über Politik, sonst hätte er gefunden, daß es nichts Veränderlicheres, nichts Launenhafteres gibt, als den Geist! Wie viele unserer größten Genies schreiben heute so, morgen anders! wie viele Advokaten rechten *für* und rechten *wider*! wie viele Schriftsteller sind heute lustig, morgen traurig und übermorgen abgeschmackt! ein Frauenzimmer kann folglich liebenswürdig sein, so lange sie der Gegenstand all' unserer Aufmerksamkeit ist, so lange wir uns um einen Blick von ihr als um eine Gunst bewerben, aber dieses nämliche Frauenzimmer kann sehr widerwärtig, höchst langweilig werden, wenn wir uns nicht mehr mit ihr beschäftigen: ein Nichts erzürnt sie, der geringste Widerspruch entlockt ihrem Munde bitterböse Worte, Klagen, Beschuldigungen ... O! trauet dem Geiste eines Frauenzimmers nicht, wenn es kein gutes Gemüth hat, welches ihn leitet.

Oder glauben Sie, auf das Herz zählen zu können? ... Gibt es aber etwas, das uns mehr verräth und betrügt, als das Herz? ... Oft sind wir gar nicht Herr darüber; wir glauben es zu regieren, während es uns beherrscht. Wenn wir glauben, es Jemand aufrichtig geschenkt zu haben, werden wir nicht ganz überrascht, an einem schönen Morgen wahrzunehmen, daß es sich einem andern Gegenstande hingegeben hat! Wenn wir auf seine Beständigkeit zählen, so läßt es uns im Stich; wenn wir es für kalt halten, so entflammt es sich; wenn wir ihm Stillschweigen gebieten, so spricht es uns zum Trotze unaufhörlich; deßhalb darf man auch nicht auf das Herz bauen. Nun bleibt uns noch die Seele, welche Jeder auf seine Art definirt: Erasistratus setzt sie in das Häutchen, welches das Hirn umhüllt; Hippocrates in die linke Herzkammer; Epicur und Aristoteles behaupten, sie befinde sich im ganzen Körper; Empedocles und Moses glauben sie im Blute; Strabo sucht sie zwischen den beiden Augenbrauen; Plato vertheilt sie in drei Theile: die Vernunft in das Hirn, den Zorn in die Brust und die Wollust in die Eingeweide. Die Griechen haben sich mit der Seele hauptsächlich beschäftigt. Parmenides hält sie für Feuer; Anarimander für Wasser; Zeno setzt sie aus der Quintessenz der vier Elemente zusammen; Heraklit sieht in ihr bloß das Licht; Xenocrates eine Zahl; Thales eine immer thätige Substanz, und Aristoteles eine Vollkommenheit; endlich erkennen wir nach dem Dichter Mallebranche unsere Seele bloß durch das Gewissen! Deßhalb können vielleicht so viele Leute nicht zur Erkenntniß der Seele gelangen.

Girardière suchte eine Jungfrau oder eine Wittwe, die Geist habe. Er dachte bei sich: »Ein geistvolles Frauenzimmer wird mich nicht abweisen. Alle jene Personen, welche mein Ansuchen zurückgewiesen haben, sind Narren, von Frau Grandvillain an, welche in der Dummheit ihren Hund mir vorzog bis zu Lapoucette, der einen Methusalem aus mir machte. Ich will mich an Jemand wenden, der mich zu schätzen weiß, und, wie meine verehrungswürdige Mutter

sagt, meinen Eigenschaften, meinem artigen Benehmen Gerechtigkeit widerfahren läßt.«

Theophilus erinnerte sich, daß er sich früher bei Frau von Berlinguerie in einer Abendunterhaltuug befunden, und daß diese eine
Tochter Namens Arabella habe. Diese junge Person verrieth sich
schon frühzeitig als ein Wunderkind, als eine zehnte Muse, eine
Sappho, oder wenigstens als eine Scuderi. In ihrem sechsten Jahre,
hatte sie auf das Namensfest ihres Vaters einen Glückwunsch ohne
den Buchstaben a verfaßt, im folgenden Jahre hatte sie für ihre Frau
Mutter einen gleichen ohne o gemacht, und sehr liebenswürdige
Worte an ihren Taufpathen ohne u gerichtet. Nach all dem glaubte
man, sie werde es im Sprechen noch so weit bringen, daß sie gar
keinen Buchstaben mehr brauche, was eine ganz außerordentliche
Person aus ihr gemacht haben würde, unerachtet sich in Paris ein
Modehändler befindet, der sich etwa eben so ausdrückt.

Girardière sagte zu sich: »Seit vier oder fünf Jahren, während deren ich Fräulein Arabella von Berlinguerie nicht gesehen habe, hat
ihr Geist sich nur vollkommener ausbilden und verschönern müssen. Wie gut werden wir uns mit einander verstehen! ... Ich bin
nicht dumm, im Gegentheil sogar ziemlich gelehrt ... ich, der ich in
meinem Knabenalter meine Magd, die arme Tourloure, lateinisch
lehren wollte! ... Wenn Fräulein Arabella die Rhetorik und schön-
wissenschaftliche Studien durchmachen will, so bin ich vollkommen der Mann, den sie nöthig hat.«

An einem Abend machte Girardière seine Toilette noch viel sorg-
fältiger als gewöhnlich, denn er erinnerte sich, daß bei Frau von
Berlinguerie immer ein ziemlich steifer Ton herrschte, und schlug
seinen Weg nach dem Marais ein. Die Familie des Fräuleins Arabella wohnte in der Straße der *Trois-Pavillons*. Sie bestand erstens aus
dem Herrn von Berlinguerie, einem kleinen Greis von siebenzig
Jahren, welcher den größten Theil seines Lebens mit Verfassen und
Auflösen von Worträthseln zugebracht hatte; ferner aus der Mutter
Arabellens, einer Frau von so kleinem Wuchs, daß ihr Mann neben
ihr noch groß schien. Ihr mageres, aber sehr ausdruckvolles Gesicht,
ihre falben Augen, die wie Karfunkel glänzten, die außerordentliche
Beweglichkeit ihrer Züge endlich gaben ihr das Aussehen einer
jener kleinen Feen, welche leicht aus einer Commode herausschlüp-

fen und in einen Kürbiß sich verstecken können. Dabei hatte Frau von Berlinguerie, selbst wenn sie in ihren Gemächern auf und ab ging, beständig einen Stock mit einem elfenbeinernen Knopf in der Hand, der so groß wie ein Billardstock war, womit sie in ungeduldigen Augenblicken auf den getäfelten Stubenboden klopfte. Sie dürfen sich nicht wundern, daß Herr von Berlinguerie, ein von Natur sehr friedliebender Mann, sich mitten in seinen Sätzen unterbrechen ließ und den Faden seines Gesprächs verlor, wenn er den furchtbaren Stock hörte, dessen Zwinge auf dem Fußboden wiederhallte. Arabella war die erste Frucht dieser so gut zusammengepaßten Verbindung gewesen; diese junge Person, welche eben ihr dreiundzwanzigstes Jahr erreicht hatte, war größer als ihr Vater und ihre Mutter senkrecht auf einander gestellt (was die Beduinen eine menschliche Pyramide nennen); Fräulein Arabella maß fünf Fuß sechs bis sieben Zoll; ihre Nase stand in gleichem Verhältniß zu ihrer Größe, was sie beim Küssen sehr geniren mußte; ihre Gesichtsfarbe war orangengelb; ihr Hals glich dem eines Straußes, ihr Gang dem einer Giraffe; sie war ungeheuer mager; bei der geringsten Bewegung, die sie machte, mußte man befürchten, sie breche ein Glied. Kurz, Alles war an diesem Fräulein spitzig, vom Knie bis zum Ellenbogen, von ihrer Nase bis zu ihrem Geist. Die glücklichen Anlagen, welche sie in ihrer Kindheit gezeigt hatte, hatten sich ansehnlich entwickelt. In der Wirklichkeit brauchte sie die Buchstaben o und a beim Sprechen, allein wie sie sie aussprach!

Indessen war Arabella nicht die einzige Frucht der Ehe ihrer ehrwürdigen Eltern: es war ihnen auch ein Sohn, aber zehn Jahre später geboren worden. Dieser Knabe, den man für berufen hielt, seine Schwester nachzuahmen oder vielleicht zu übertreffen, hieß Phileosinus. Kaum konnte er einige Worte stammeln, so wollte ihn seine Schwester lehren, sich mit Zierlichkeit auszudrücken, seine Mutter, *nanan* ohne a zu sagen, und sein Vater, Räthsel aufzulösen. Der kleine Phileosinus zeigte sich bei Allem, worin man ihn unterrichten wollte, sehr widerspänstig: er schien keinen Geschmack an den schönen Redensarten seiner Schwester zu finden; er verlangte zu essen oder zu trinken wie ein niedriger Bettler und begriff nicht einmal, was eine Charade ist. Die Familie von Berlinguerie hielt es für Eigensinn; sie bestand darauf, der kleine Phileosinus sei ein Genie, und man quälte den kleinen Knaben dergestalt, daß er im

Alter von acht Jahren ganz blödsinnig war. Aber die Familie behauptete trotzdem, das Kind sei begeistert, und Jedermann gab sich das Ansehen, es zu glauben, weil man in der gebildeten Welt zu höflich ist, um zu widersprechen.

In dieser Familie wollte der arme Theophilus Girardière sich eine Gattin holen; Andere hätten das für einen Akt der Verzweiflung gehalten; aber er, der Alles lieb und schön fand, überzeugte sich zum Voraus, daß seine Verbindung mit der geistreichen Arabella das Glück seines Lebens begründen würde.

Die Familie von Berlinguerie wohnte in einem alten Haus, dessen durch die Zeit geschwärzte Mauern beinahe mit denen des Hôtels Clury wetteifern konnten. Ein großes Thor ging in einen ungeheuern Hof, dessen Pflaster dicht mit Gras überwachsen war. Der Thorwärter wohnte ganz im Hintergrunde des Hofes, so daß man, wenn die Person, welche man besuchen wollte, ausgegangen war, nichts desto weniger den Hof in seiner ganzen Länge zwei Mal überschreiten mußte, um sich davon zu überzeugen. Das war namentlich sehr angenehm, wenn es regnete und man keinen Regenschirm hatte ... Bequeme Einrichtungen unserer guten Vorfahren, welche die Liebhaber des gothischen Styls sehr ungern aus der Mode kommen sehen!

Girardière stieg aus einem Cabriolet, das er genommen, weil er nicht zu Fuße gehen wollte; denn es regnete, das Pflaster war schmutzig, und er fürchtete, seine Schuhe könnten den Glanz verlieren. Er bezahlte den Kutscher, klopfte an die Hausthüre, die man erst nach langer Zeit öffnete, und wurde daher nachträglich nicht wenig durchnäßt. Endlich rollte die große Thüre in ihren Angeln auf; er schloß sie wieder zu, und da er nicht wußte, wo sich der Thorwärter befand, indem er das erste Mal in dieses Haus kam, das die Familie von Berlinguerie erst seit drei Jahren bewohnte, sah er sich nach allen Seiten um, und da er Niemand bemerkte, befürchtete er, sich im Hause getäuscht zu haben. Er ging aufs Gerathewohl auf eine niedere kleine Thüre zu, die er links gewahr wurde, näherte sich, rief, erhielt aber keine Antwort. Er öffnete nun die Thüre: Alles war dunkel und still; er ging einige Schritte vor, glitschte mit dem Fuße aus, fiel, rutschte mehrere Schritte vorwärts, und merkte endlich, daß er im Begriff war, in den Keller hinabzupurzeln. Girardière raffte sich fluchend und tobend auf und kehrte in den Hof zurück. Es regnete viel stärker; unser Heirathslustiger wurde sehr böse gelaunt. Das Pflaster des Hofes, mit Gras fast ganz überwachsen, war äußerst schlüpfrig, und trotz des Regengusses mußte man sehr vorsichtig und langsam gehen, um nicht abermals zu fallen. Girardière blieb mitten im Hofe stehen und sagte zu sich selbst: »Welch sonderbares Haus! ... es gleicht dem Schlosse in dem Mährchen von *der Schönen und der Einfältigen* ... man würde nie vermuthen, daß man in Paris ist, so traurig ist es hier. Wo, in des Teufels Namen, ist denn der Portier dieses Hauses versteckt? Ah! ich glaube, ich sehe ein Licht, wenn es kein Irrlicht ist. Seitdem ich in einen Keller gefallen bin, kommt mir in diesem Hause Alles verdächtig vor ... Nun vorwärts, aber aufgepaßt!«

Girardière ging auf das Lichtchen zu. Endlich gelangte er an ein Gebäude, klopfte an eine eingeräucherte kleine Glasscheibe, woraus eine rauhe Stimme ihm zuschrie: »Was machen Sie denn seit einer halben Stunde, wo ich Ihnen die Thüre geöffnet habe, im Hofe? Was ist das für eine Art, an den Häusern zu klopfen und sich dann im Keller zu verstecken?«

»Sich im Keller verstecken!« erwiderte Girardière, indem er in das Stübchen trat, um sich vor dem Regen zu schützen; »Zum Henker, Portier, Sie kommen mir sehr lächerlich vor ... ich bin in den Keller gefallen ... wo ich selbst mein Leben in Gefahr setzen konnte; wenn man in seinem Hause solche Fallen hat, so muß man zur Vorsicht Laternen dazu hinstellen oder den Personen, welche die Miethsleute besuchen, entgegengehen und ihnen leuchten. Ich habe meine Kniee aufgefallen, das ist sehr unangenehm; nun muß ich hinkend meine Aufwartung machen! ... Sagen Sie mir vor allen Dingen, ob Herr und Frau von Berlinguerie bei Ihnen wohnen?«

»Ah! Sie wollen Frau von Berlinguerie besuchen,« sagte der Portier in einem höflicheren Tone; »o! das ist etwas Anderes, verzeihen Sie mir doch meine Unachtsamkeit; Sie wissen wohl, in dem Marais-Quartier gibt es eine Menge Spitzbuben, welche des Abends alle Portiers teuflisch beunruhigen! Diese Schlingel wissen nicht, welche Streiche sie uns spielen, welche Unverschämtheit sie uns anthun sollen! Zuerst klopfen sie an die Hausthüre: wir öffnen, allein Niemand tritt ein, dann müssen wir aufstehen und hinausgehen, um die Thüre wieder zu schließen; ein ander Mal treten sie herein, aber bloß, um in dem Hof sich in Schmähworten auszulassen: wir müssen abermals hinausgehen, um sie fortzujagen. Wir springen mit einer Peitsche ihnen nach; wenn wir sie aber fest zu halten glauben, reißen sie aus, flüchten sich und lachen uns noch in's Gesicht. Solche Schlingel werden gewiß einmal auf dem Schaffot sterben. Ein ander Mal ...«

»Es ist genug, Portier, Sie werden mir Ihre Geschichte bei einer andern Gelegenheit erzählen? Ist diesen Abend bei Herrn von Berlinguerie Gesellschaft?«

»Aufzuwarten! o ja, heute hat es viele Leute, es ist ihr Gesellschaftstag. Vier Personen sind hinaufgegangen, worunter eine Dame mit ihrer Zauberlaterne, welche, wie ich glaube, die Macht besitzt, den kleinen Herrn Phileosinus zu unterhalten: das ist, wie Sie wissen, der kleine junge Mensch, der Bruder des Fräuleins, welcher, wie man versichert, begeistert ist. Dieser arme Knabe! ich weiß nicht, was ihn so begeistern kann; er bringt seine Zeit mit Tollheiten, die er in diesem Hofe verübt, zu: er läßt Wassereimer in den Brunnen fallen, wirft Steine in die Fenster, streckt gegen Jedermann seine Zunge heraus ... ich glaube eher, daß er behext ist.«

»Sehr gut, Portier, nun bin ich etwas reinlicher, und kann meine Aufwartung machen. Wo wohnt Frau von Berlinguerie?«

»Im zweiten Stockwerk links; der Handgriff am Glockenzug stellt ein Hirschhorn vor.«

»Gut, das Hirschhorn wird mir den Weg weisen.«

Theophilus Girardière geht die Stiege hinauf und kommt im zweiten Stockwerk an, nachdem er der Familie Berlinguerie bereits durch zwei Pfiffe des Portiers angemeldet worden. Unser Ehestands-Candidat sieht das Hirschhorn, welches die Quaste am Glockenzuge ersetzt, und zieht mit einer geheimnißvollen Bewegung daran, indem er zu sich selbst sagt: »Drollige Erfindung, ein Hirschhorn vor seine Thüre zu hängen! Wenn ich verheirathet sein werde, so werde ich eine Quaste anbringen, welche einem Horn doch bei weitem vorzuziehen ist, und keine schlechten Witze zuläßt.«

Man öffnet sogleich; Girardière tritt in ein sehr geräumiges Gemach, das übrigens sehr sparsam möblirt ist. In dem Vorzimmer befindet sich gar nichts; im Speisesaal stehen zwei Stühle ohne Lehnen; in dem Zimmer des Herrn, durch das man in den Salon gelangt, sieht man bloß einen alten Schreibtisch und zwei Lehnsessel; endlich im Salon, wohin Girardière sich ohne Zögern begibt, sind außer einem alten Canapé bloß für etwa fünfzehn Personen Sessel. Girardière sagt beim Wahrnehmen dieser wenigen Möbeln zu sich: »Die geistreichen Personen legen auf Luxusgegenstände wenig Gewicht, und begnügen sich mit dem durchaus Nöthigen. Um so besser: Fräulein Arabella ist daher sehr haushälterisch, das gefällt mir vollkommen; nun will ich mich mit Anstand vorstellen und mich auf eine geistreiche Art auszudrücken suchen!«

Als Theophil in den Saal eintrat, saß die ganze Gesellschaft im Halbkreis herum. Herr von Berlinguerie, in einem alten Lehnsessel versteckt, war eben im Begriff, der Gesellschaft ein selbstverfaßtes Räthsel aufzugeben. Seine Frau Gemahlin saß auf dem Canapé und stützte ihre linke Hand auf den furchtbaren Stock. Eine alte Dame, mit buhlerischem Prunke angekleidet, saß neben ihr und hatte ein Zauberlaternchen von Blech auf den Knieen, welches sie mit Wohlgefallen betrachtete. Die herrliche Arabella saß ein wenig entfernter, ihre Blicke ruhten auf der ganzen Gesellschaft, deren Huldigungen sie zu erwarten schien. Unmittelbar hinter dem Canapé saßen drei Herren auf Sesseln. Der erste, etwa sechzig Jahre alt, eine ernsthafte, lange Person, hielt in der Hand eine Ruthe. Nach diesem Herrn kam ein junger Mann, der beständig auf's Gutmüthigste lachte, mit einer religiösen Aufmerksamkeit zuhörte, den Hals zu Herrn von Berlinguerie hinbog, die Augen wie Lottokugeln herumdrehte, und höchlichst erfreut schien, sich in so guter Gesellschaft zu befinden. Dieser junge Mensch, der höchstens neunzehn Jahre alt sein konnte, trug einen abgetragenen haselnußbraunen Frack, dessen Aermel vier Zoll von der Hand zurückstanden, und eben so kurze Hosen, die er immer herunterziehen mußte, um den Schein, als trage er kurze Beinkleider, zu entfernen. Bei all dem aber zeigte dieser Jüngling einen sehr guten Anstand. Auf diesen endlich folgte ein dicker Papa von mittlerem Alter, mit einem kupferrothen Gesichte, dessen ganzes Wesen einen über seine gesellschaftliche Lage beglückten Mann verrieth. Er hörte mit viel weniger Aufmerksamkeit zu, schloß manchmal die Augen, öffnete sie von Zeit zu Zeit wieder, und rieb sie lebhaft, besonders wenn er seinen Nachbar, dessen ernsthafter Blick ihn wegen seiner Schlafsucht zu tadeln schien, husten hörte.

Der kleine Phileosinus befand sich nicht in dem Kreis: er lag in einer Ecke des Salons auf dem Boden, baute zu seiner Unterhaltung Schlösser mit Karten, lachte alle Augenblicke wie ein Tölpel, wälzte sich dann bis zum Canapé hin, und zog die Personen, die darauf saßen, an den Füßen.

Theophils Ankunft unterbrach den Herrn des Hauses gar nicht; man begnügte sich, den Ankömmling mit ernster Würde zu begrü-ßen, wies ihm einen Stuhl an, und fuhr in der Verfertigung des Räthsels, der gewöhnlichen Erholung bei Arabellens Eltern, fort. Theophilus mußte sich nun setzen und wie die Andern zuhören; er gab aber sehr wenig Acht auf das Räthsel und schaute ohne Unter-laß die Tochter des Hauses an, welche er schon lange nicht mehr gesehen hatte, und die ihm auffallend groß vorkam. Er schloß hie-raus, daß Fräulein von Berlinguerie sehr viel Stoff zu ihren Kleidern brauche; allein diese merkantilischen Rücksichten hielten ihn doch nicht von seinem Vorsatze ab, und da er sich einmal in den Kopf gesetzt, diese Person schön zu finden, so brachte er endlich eine entfernte Aehnlichkeit derselben mit der *keuschen* Venus heraus. Nachdem Herr von Berlinguerie sein Räthsel beendigt hatte, blieben die Anwesenden einige Augenblicke in tiefes Stillschweigen ver-sunken. Jeder suchte das rechte Wort, oder wollte wenigstens dafür angesehen sein, als ob er es suche. Der Schulmeister hustete, rieb sich die Stirne, schnäuzte sich, kratzte sich hinter den Ohren und rief endlich aus: »Abends kann ich nie gut rathen, aber morgen früh beim Erwachen werde ich es gewiß finden.« Der Jüngling verdrehte verstört seine Augen, zog an seinen Aermeln, an seinen Hosen und sagte: »Das Wort ist Senf oder Essig!« worauf Fräulein Arabella entgegnete: »O! Sie haben weit gefehlt.« Als man an den dicken Herrn kam, mußte man ihm die nämliche Frage drei Mal wiederho-len, bis er die Augen, die er beharrlich zumachte, öffnete; beim Auf-schauen murmelte er: »Das Wort, ich träumte davon, ich versichere Sie, ich träumte davon.« Die Reihe kam nun an Theophilus; ganz überrascht über die Frage, ob er das Räthsel errathen habe, sagte er naiv: »Es würde mir sehr schwer sein, Ihre Charade zu errathen, denn ich gestehe Ihnen, daß ich nicht aufgepaßt habe.« Mit dieser Antwort begnügte sich aber die ehrenwerthe Gesellschaft durchaus nicht, und die Mutter Arabellens, mit ihrem Stock auf den Boden klopfend, sagte sehr beißend zu Theophilus: »Woran denken Sie denn, wenn Sie nicht auf unsere Reden hören? Aus welchem Grunde haben wir denn das Glück, nach so langer Zeit Sie wieder in unserer Mitte zu sehen?«

Theophilus erröthete über seine Verlegenheit; er wollte nicht vor Jedermann seinen Heirathsantrag stellen, und murmelte mit gesenktem Blicke: »Später, Frau von Berlinguerie, werde ich die Ehre haben, mich näher zu erklären; überhaupt war ich nie, gar nie in den Räthseln und Logogryphen bewandert; hiezu gehört eine gewisse Geschicklichkeit, die mir nicht eigen ist.«

Frau von Berlinguerie sah ihren Gemahl an, dieser blickte auf seine Tochter, und Arabella konnte sich nicht enthalten, die Achseln zu zucken und sich in die Lippen zu beißen, die sehr viel sagen zu wollen schienen. Bald darauf wandte sie sich zu der Gesellschaft mit den Worten: »Ich will Ihnen einige Charaden von mir vorsagen; wenn es sich nicht zu lange hinauszieht, so wollen wir die Abendunterhaltung mit Reimen beschließen.« Die Gesellschaft bezeugte ihre volle Zufriedenheit über dieses neue Vergnügen. Die Dame, welche die Zauberlaterne auf ihrem Schooße hielt, war die einzige, welche sich widersetzen wollte; die neben ihr stehenden farbigen Gläser lebhaft umwendend, sagte sie: »Ich hätte geglaubt, man würde, um den kleinen Phileosinus zu zerstreuen, sich das Vergnügen machen, meine ...«

Frau von Berlinguerie ließ diese Dame nicht ausreden und unterbrach sie mit den Worten: »Mein Sohn spielt; er unterhält sich sehr gut in diesem Augenblick, und ich halte es für besser, die Vorstellung der Zauberlaterne auf ein anderes Mal zu verschieben. Arabella, sag' uns Deine Charaden, wir sind ganz Ohr.« Arabella erfüllte den Willen ihrer Mutter und machte für die Gesellschaft eine Charade. Jedes hörte aufmerksam zu oder stellte sich wenigstens so. Girardière allein, von seinen Heirathsplänen ganz eingenommen, war zum Räthselauflösen nicht aufgelegt, und als das Fräulein ihn fragte: »Nun, was ist mein Erstes, mein Zweites, mein Ganzes?«

erwiderte Theophilus: »Ihr Ganzes, Fräulein? ach! 's ist sonderbar ich möchte so gerne, aber ich kann nicht *darauf kommen.*«

Man vernahm in dem Salon ein mißbilligendes Murren und würdigte Girardière keines Blickes und keines Wortes mehr. Die geistreichen Unterhaltungen, welche man bei Herrn von Berlinguerie genoß, dauerten nie über halb zehn Uhr, um welche Zeit sich die ganze Gesellschaft erhob und sich verabschiedete. Theophilus folgte den Andern nicht, sondern blieb zurück, näherte sich verlegen Arabellens Vater und bat ihn einen Augenblick auf ein Wort allein.

Der alte Herr glaubte, es handle sich von einem Räthsel, das man ihm aufgeben wolle, führte Girardière in sein Kabinet, wo dieser, nach seiner gewöhnlichen Vorrede, ihn um die Hand seiner Tochter bat. Herr von Berlinguerie, in seiner Hoffnung sehr getäuscht, da er auf etwas ganz Anderes gefaßt war, entgegnete ihm trocken: »Sie halten um meine Tochter an! das gehört in's Departement meiner Frau; ich will übrigens mit ihr darüber reden. Wollen Sie morgen wieder kommen, dann werde ich Ihnen die Antwort dieser Damen mittheilen.«

Giraldière entfernte sich ziemlich mißvergnügt über die gefundene Aufnahme. Er war sehr böse, daß er das Räthsel von Fräulein Arabella nicht errathen konnte, und besann sich die ganze Nacht über dessen Auflösung. Am folgenden Tag kehrte er in die Straße der *Trois-Pavillons* zurück. Dies Mal verirrte er sich nicht im Hofe, noch fiel er in den Keller: er begab sich geraden Weges zu Herrn von Berlinguerie, den er allein antraf. Theophilus, äußerst begierig auf eine Antwort, fragte sogleich den alten Herrn, der ihm sehr trocken erwiderte:

»Sie sind abgewiesen, mein lieber Freund !« – »Abgewiesen!« rief Girardière aus; »darf ich auch wissen aus welchem Grunde?« – »Bloß aus *einem* Grunde, den ich Ihnen aber nicht gerne mittheilen möchte.« – Ich bestehe darauf, ihn zu erfahren. – »Nun, mein Lieber, meine Tochter weist Sie ab, weil Sie ihr zu dumm vorkommen.«

Girardière wollte nichts mehr hören, drückte seinen Hut über's Gesicht herein und entfernte sich, indem er sagte: »Ich will doch lieber so sein, wie ich bin, als begeistert wie Ihr Herr Sohn.«

»Einfältiges Volk!« sagte er beim Nachhausegehen von dieser *gelehrten* Gesellschaft. »Bloß beschränkte Köpfe geben sich mit Auflösen von Charaden ab, um ihren stumpfen Verstand etwas zu schärfen. Das habe ich Gottlob nicht nöthig!«

Und mit dieser trostvollen Selbstberuhigung trat er in sein Haus.

Achtes Kapitel

Bei dem Gastwirth

Ich will Ihnen nicht alle Heirathsanfragen, welche auf die bei den Fräuleins Grandvillain, Duhaucourt, Belleville und Lapoucette folgten, aufführen, sondern ich begnüge mich damit, Ihnen zu sagen, daß alle keinen glücklicheren Erfolg hatten. Indessen war Girardière mit seinen Ansprüchen fortwährend heruntergegangen, und hielt endlich um sechsunddreißigjährige Jungfern, Wittfrauen, selbst um alte Damen an; allein ein geheimes Unglück schien ihn zu verfolgen, denn noch immer war er Junggeselle. Die Zeit verfloß, er hatte sein neunundvierzigstes Jahr erreicht und trat in sein fünfzigstes.

Er alterte auch schneller wegen des Kummers, den ihm die unaufhörlichen Körbe verursachten. Er verlor Farbe und Appetit und seine letzten Haare. Er war beständig mürrisch und konnte kein hübsches Frauenzimmer mehr sehen, ohne Grimassen zu schneiden und zu sich selbst zu sagen: »Das wäre wieder eine für dich!«

Wenn er neben seiner alten Mutter saß und tiefe Seufzer ausstieß, sagte sie zu ihm: »Mein Söhnchen, glaube mir ... eile nicht mit dem Heirathen! Du hast wohl noch Zeit; mit Deinem äußern Anstand und Deinen Vorzügen findest Du so viel Partieen, als Du nur willst. Denke an das Sprüchwort: Eile mit Weile!«

Das Gespräch der guten Frau machte den armen Theophilus ungeduldig, und als einmal die Mama länger als gewöhnlich von dem physischen Zustande und den Vorzügen ihres Sohnes fortplauderte, nahm er seinen Hut und begab sich, anstatt bei ihr zu Mittag zu speisen, zu einem Gastwirthe. Nun kommen wir auf den Zeitpunkt zurück, wo wir am Anfange dieser Erzählung standen.

Da Sie die früheren Verhältnisse Girardière's hinlänglich kennen, so wollen Sie sich gefälligst zu ihm in das Haus des Speisewirths zurückversetzen.

Girardière setzt sich an einen Tisch, an dem sich bereits ein ziemlich bejahrter Herr befand. In dem Speisesaale eines Gastwirths begnügt man sich zu zwei, manchmal zu vier an einem Tische.

Der Nachbar Girardière's ist so beleibt, daß er allein seine ganze Tischseite einnimmt. Dieser Herr, einzig dem Vergnügen, sich zu mästen, lebend, öffnet, sooft er sich mit der Gabel nähert, den Mund ungeheuer (das Bild eines in Thätigkeit gesetzten Vielfraßes), und bekümmert sich durchaus nichts um das, was um ihn her vorgeht; er speist zu Mittag, und man sieht deutlich, daß das sein wichtigstes Tagsgeschäft ist.

Girardière nimmt eine Speisekarte und sieht sie oberflächlich an. Er hat keinen Appetit, und doch möchte er sich durch ein gutes Mittagessen gütlich thun.

Der Kellner bleibt vor Girardière stehen: »Was befehlen der Herr?«

»Hm! hm! ich weiß noch nicht ... wir wollen sehen!«

»Kellner meine Cotelette!« sagte der dicke Herr, ohne die Augen von dem Teller, worauf noch die Reste eines Rebhuhns lagen, abzuwenden.

Eine Familie tritt herein und setzt sich an einen Tisch zur Seite Girardière's. Es ist ein ächter Bürgersmann aus der Straße Saint-Denis, mit seiner Frau, die einen Hut mit Blumen trägt, desgleichen man keinen als Aushängeschild brauchen würde; ferner ein kleines Mädchen von zehn Jahren, ganz wie ihre Frau Mutter gekleidet, was ihr das Aussehen einer Buckeligen gab; endlich ein achtjähriger Knabe, der auch schon einen runden Hut mit breitem Rande trug.

Kaum finden alle diese Platz. Vor Allem will der Familienvater seinen Rock ausziehen, welchen er über dem Fracke trägt: er sucht überall einen Platz, um ihn aufzuhängen, aber vergeblich; alle Wandhaken waren mit Hüten behängt, auch gab es keine leeren Sessel, weßhalb er seinen Ueberrock wieder anzieht.

Die Frau möchte gerne ihren Hut ablegen und sucht ein Plätzchen, wo ihr Kopfputz nichts zu fürchten hatte, aber am Ende macht sie es wie ihr Mann und behält den Hut auf.

Das kleine Mädchen hat sich zuerst gesetzt, aber sie sitzt zu nieder. Der Familienvater ruft dem Kellner zu: »Ein Polster, ein Kissen, oder sonst etwas unter den Hintertheil meiner Tochter.«

Der Kellner entfernt sich, und kommt kurze Zeit nachher mit einem großen Bündel, den man auf den Sessel des Mädchens legt, zurück. In der Meinung, fertig zu sein, fragt er, ob man Austern wünsche.

»Nun sollten wir etwas haben, um es unter meinen Sohn zu legen. Er stößt, wie Sie sehen, mit der Nase auf den Tisch ... so könnte er unmöglich mit einer Gabel essen ...«

»Doch, Papa,« sagt der kleine Knabe, »o! ich werde schon essen, wenn ich nur erst etwas habe ... ich bin groß genug.«

»Ich sage Dir, Kind, der Tisch ist zu hoch. Sei nicht widerspänstig, sonst bekommst Du keinen Eierauflauf.«

Der Kellner holt ein rundes Lederkissen, wie es die Beamten in den Schreibstuben haben, und sagt, »ich konnte nichts Anderes finden.«

»Das ist ganz recht ... mehr braucht's nicht.«

Man legt das Lederkissen auf den Sessel des Knaben, er will sich aber nicht darauf setzen und schreit: »Nun! warum gibt man mir denn dieses durchlöcherte Ding da? Ich will's nicht ... das ist garstig.«

»Schweig', Kind! Ich sag' Dir noch einmal, sei artig oder Du bekommst keinen Eierauflauf.«

Diese Drohung thut immer ihre Wirkung; der Knabe setzt sich auf das runde Lederkissen, macht aber ein böses Gesicht dazu und bewegt sich auf seinem Sessel immer hin und her.

»Befehlen Sie Austern?« wiederholt der Kellner.

»Ich wünschte zuerst eine Wärmflasche unter meine Füße,« sagt die Frau, »mich friert's in die Füße; und was wollt ihr, Kinder? wollt ihr nicht auch ein Schemelchen unter die Füße?«

»Ich hab' Hunger ... ich hab' Hunger!«

»Still! seid artig! ... Frau, sei so gut und gib mir die Speisekarte.«

»Hier mein lieber Mann!«

Der Herr sieht sehr lange in der Karte nach, man könnte glauben er lese den Moniteur.

Der Kellner kommt mit einer Wärmflasche, die man unter die Füße der Frau stellt, zurück, und fragt dies Mal: »Mit was darf ich Ihnen aufwarten?«

Der Herr gibt die Karte seiner Frau mit den Worten: »Wähle Dir nun, was Du essen willst.«

Die Frau durchgeht die Karte, und da sie eben so lange Zeit wie ihr Mann dazu braucht, bedient der Kellner einstweilen an einem andern Tisch die Gäste.

»Meine Cotelette, übrigens nicht zu sehr gebacken!« sagte der Nachbar Girardière's. Der letztere wandte sich darauf zum Kellner: »Bringen Sie mir irgend etwas Gutes ... was Sie wollen, ich überlasse es Ihnen.«

»Kellner! Kellner!« schreit der Familienvater. Der Kellner springt herbei, in der Meinung, man werde das Mittagessen befehlen, bückt sich zu ihm hin und will hören.

»Wir haben keine Salzbüchse, Kellner! ... an was denken Sie denn? Kann man ohne Salzbüchse speisen?«

Der Kellner nimmt eine von dem benachbarten Tische und stellt sie der ehrwürdigen Familie hin mit den Worten: »Haben Sie sich entschlossen, was Sie speisen wollen?«

»Meine Liebe, hast Du Dich über das Mittagessen entschieden?« fragt der Herr seine Frau, welche die Karte auswendig zu lernen scheint.

»Ich suche immer ... ich weiß nicht ... Ei, ich bitte Dich, mein Lieber, befiehl nach Deinem Geschmack!«

»Nein, meine Theuerste, wähle nach dem Deinigen, mir ist Alles recht.«

»Eierauflauf, Papa,« sagte der Knabe, auf seinem runden Lederkissen sich herumbewegend.

»Ja, Kind, wir lassen dies kommen, wenn Du artig bist, aber können das Mittagessen nicht damit anfangen ... Nun, Frau, was wünschest Du?«

Die Frau gibt die Karte ihrem Manne mit den Worten zurück: »Ach, meiner Treu, es steht so viel darauf, daß ich ganz irre werde! ich kenne mich nicht mehr aus!«

»Wir sollten doch eine Suppe wählen.«

»Willst Du eine Suppe? aber wir essen ja alle Tage zu Haus eine Suppe.«

»Ich will gerade keine! ... Kellner, Kellner!« Der Kellner kommt ganz athemlos.

»Kellner, wir essen *keine* Suppe.«

»Wünschen Sie dann Austern?«

Der Herr sieht seine Frau an, die Frau ihre Tochter, die Tochter ihren Bruder, und dieser betrachtet sein rundes Lederkissen, an das er sich nicht gewöhnen kann.

Der Familienvater wiederholt seine Frage, seine Frau stößt ihn unter dem Tische mit dem Knie, schüttelt den Kopf und erwidert: »Ich will durchaus keine Austern? Willst Du welche?«

»Durchaus nicht, ich versichere Dich.«

Die Frau setzt leise hinzu: »Die Austern sind zu theuer, es sind Citronen dabei! Außerdem gewinnt man nichts damit, sie vermehren nur den Appetit.«

»Kellner! ... hieher, Kellner!«

»Was befehlen Sie?«

»Wir essen *keine* Austern.«

Dem Kellner läuft die Galle über; er geht fort, zuckt die Achseln. Der Herr und die Frau durchgehen abermals die Karte. Die Kinder, in der Meinung, man habe sie bloß hieher geführt, um die Salzbüchse und die Wasserflaschen anzuschauen, werfen zu ihrem Vergnügen und zum Zeitvertreib den Pfeffer auf dem Tisch herum.

Der Nachbar Girardière's hat seine Cotelette hinuntergeschluckt; Girardière wagt nicht, ihn anzuschauen, aus Furcht, jenen ungeheuern Mund wahrzunehmen, dessen Oeffnung so groß wie ein deutscher Kamin ist, und der Alles zu verschlingen droht.

Ein junger Mann, der so eben seine Zeche bezahlt hat, steht auf, bleibt im Vorbeigehen vor Girardière stehen und reicht ihm die Hand mit den Worten: »Ah! guten Tag, mein lieber Freund! ... Wie, wir speisen allein, Jeder für sich? ... O! Sie hätten sich neben mich setzen sollen. Es hätte mich sehr gefreut.«

»Ich komme so eben an.«

»Nun! haben Sie die bewußte Dame besucht? Ist Ihr Zweck erreicht? hm ... was halten Sie davon?«

»Ah so! ... 's ist eben recht, Sie sind sehr artig, bezeichnen mir ein Kaffeehaus mit den Worten: die Limonadehändlerin sei Wittwe und wünsche sich zu verheirathen; sie veranlassen mich, ihr einen Besuch zu machen, ich gehe hin und denke: das Anschauen kostet nichts! doch kostete es mich einen Thee mit Syrup *de Capillaire!* Gleichviel, ich sehe eine sehr hübsche, anmuthige, noch junge Frau. So lange ich meinen Thee bezahle, schwatze ich mit ihr am Zahltische; man antwortet mir eben so liebreich als geistvoll! ... Ich bin entzückt ... Sechs Tage hinter einander besuchte ich das Kaffeehaus, wo ich sehr viel Geld verzehrte; am siebenten Tage endlich entschloß ich mich, weiter zu gehen und der Limonadehändlerin einige Vorschläge zu machen; allein bei den ersten Worten schon fiel sie mir in die Rede und sagte: »Mit wem glaubt der Herr zu sprechen?« – Mit einer liebenswürdigen Wittwe, der ich gar nicht abgeneigt wäre, mein Herz und meine Hand anzubieten. – »Sie sind sehr artig, aber Sie irren sich, ich bin verheirathet und habe drei Kinder.« – Man hat mich indeß versichert, die Frau dieses Hauses sei eine Wittwe. – »Man hat Sie nicht getäuscht, aber ich bin nicht die Frau vom Hause; sie mußte eine kleine Geschäftsreise machen und hat mich gebeten, während ihrer Abwesenheit die Aufsicht zu führen; sie wird erst in zwei Tagen zurückkommen.« – Hierüber etwas betäubt, entschuldige ich mich und entferne mich mit dem Vorsatz, am nächstfolgenden Tag in das Kaffeehaus zurückzukehren. Wirklich gehe ich auch dahin. Die Eigenthümerin des Kaffeehauses, eine Wittwe, war zurückgekommen! Aber ach! gerechter Gott, welcher Unterschied! Ich sehe am Zahltische eine schauerliche Frau, die wenigstens fünfzig Jahre alt war und einen Kropf hatte! ... Ich flüchtete mich, ohne etwas zu mir zu nehmen.«

»Ach! ach! armer Girardière! ... es ist gewiß nicht meine Schuld ... ich hatte eine hübsche Limonadehändlerin gesehen, und gehört: die Frau des Hauses suche einen Mann ... Ich konnte nicht ahnen, daß das eine andere sei. Gleichviel, ich werde Ihnen etwas Anderes suchen und zu wissen thun. Zählen Sie auf mich.« – Ich danke verbindlichst ... ich sehe mich lieber allein um, und will Ihnen diese Mühe ersparen.«

Der junge Mann entfernte sich lachend, und Girardière setzte sich wieder zum Mittagessen nieder, indem er zu sich selbst sagte: »Ich habe genug an seinen Gefälligkeiten, er sucht mir Frauenzimmer, damit ich ihm auftischen solle; er schickt mich zu Personen, die nicht verstehen, was ich sagen will; gibt mir falsche Adressen! ... Nein, ich werde von nun an meine Sachen selbst besorgen, und wenn der Himmel will, daß ich ein Hagestolz bleiben soll ... nun ja, so muß ich mich darein schicken ... Ach! verfluchter Hund! ohne dich besäße ich jetzt die kleine Grandvillain ... Seit der Zeit kann ich auch keinen Hund mehr ansehen ... keinen mehr leiden.«

»Kellner! hierher doch, Kellner! ... seit einer Stunde rufe ich. Sie geben gar nicht Acht.«

Der Familienvater dreht sich links und rechts und schreit; der Kellner hört ihn sehr gut und läßt ihn absichtlich fortrufen.

»Kellner! wollen Sie uns einmal bedienen?« – Sie haben Nichts bei mir befohlen ... wenigstens zwanzig Mal habe ich Sie gefragt, was Sie speisen wollen, nie haben Sie sich erklärt. Ich habe noch viele Personen zu bedienen! – »Man wird sich wohl Zeit nehmen dürfen, etwas zu wählen, glaube ich ... Kellner, bringen Sie uns eine Portion Ochsenfleisch!« – Bloß eine Portion ... für Sie viere? – »Ach, Sie haben eigentlich Recht, ich habe meinen Sohn bei mir, der viel ißt, also zwei Portionen Ochsenfleisch, Kellner, zwei schöne Portionen.« – Schon gut. – »Aber ich esse nicht gerne Ochsenfleisch, Papa,« schreit der Knabe, immer auf dem runden Lederkissen herumrutschend.

»Schweig, Kind ... dies Männchen wird ein außerordentlicher Lecker.« – Wünschen Sie rothen oder weißen Wein? – »Rothen oder weißen Wein? ah! richtig ... es gibt hier verschiedene Sorten Weine ... Liebe Frau, was für einen Wein wollen wir trinken?« – »Mein Lieber, es ist mir einerlei, ich trinke, wie Du weißt, sehr wenig, und nie ohne Wasser. O! keinen Tropfen ohne Wasser.« – Ich weiß wohl ... doch da man einmal zufällig bei einem Gastwirth ist, so muß man doch, wohl oder übel ... wir wollen nach den Weinsorten sehen.«

Der Kellner geht fort, da er voraussieht, daß man zur Wahl des Weins eben so lange Zeit brauchen wird, wie zum Uebrigen. Der Herr, welcher seinen Mund so ungeheuer öffnete, hat, nachdem er noch Käse und gedörrte Pflaumen zum Nachtisch aufgezehrt hatte, eben seine Zeche bezahlt und steht auf.

Girardière befindet sich nun ganz allein an seinem Tische. Es thut ihm darum nicht leid: er macht es sich ganz bequem, und kann seine Wasser- und Weinflasche von seinem Teller weiter wegstellen.

Der Hausvater dreht sich um und sucht den Kellner, dem er zuruft: »Gewöhnlichen Wein ... aber vom besten!« – Da haben Sie das Ochsenfleisch. – »Ah! ganz recht.« – Was befehlen Sie nach diesem? – »Wir wollen sehen ... Hast Du die Karte, liebe Frau!« – »Sie liegt auf Deinen Knieen.« – »Ah! richtig! ... wir wollen uns berathschlagen ... Kellner, kommen Sie in fünf Minuten wieder.«

Girardière stellte seine Teller und sein Brod weiter von einander, machte es sich immer behaglicher und stützte sich mit einem Ellenbogen auf den Tisch, als zwei Damen in den Speisesaal hereinkamen.

Die Eine war bejahrt, ihr Anzug bescheiden, aber anständig, ihre Haltung die einer ehrbaren Kapitalistin, die auf dem Lande wohnt und nur nach Paris kommt, um ihre Zinsen zu erheben.

Die zweite Person war jung; ihr frisches und ziemlich liebliches Aussehen ließ höchstens auf ein Alter von neunzehn Jahren schließen, ihre Toilette war eben so bescheiden wie die der alten Frau, ihre Haltung schien verlegen; wenn sie je in Paris lebte, so konnte es nur in der Ecke irgend einer Vorstadt sein.

Diese zwei Damen erröcheten beim Eintritt in den Speisesaal, wie es bei Personen der Fall ist, die nicht gewöhnt sind, an öffentlichen Orten zu Mittag zu speisen; sie wissen nicht, ob sie vor- oder rückwärts gehen sollen, sie erschrecken vor den vielen Gästen, die sie anschauen; da beeilte sich der Kellner, sie an den Tisch, wo Girardière speiste, zu führen, und setzte sie an den Platz, den der dicke Herr eingenommen hatte, indem er zu ihnen sagte: »Hier sitzen Sie sehr gut, ganz gut ... der Herr wird die Güte haben, seine Teller ein wenig zurückzuziehen.«

Diese Anrede ging Girardière an, dem es sehr zuwider war, an dem Tische nicht nach Belieben schalten zu können, der übrigens seine Teller und seine Flasche an sich zog, weil man nicht berechtigt ist, in dem Speisesaal eines Gastwirths den Despoten zu spielen.

Die zwei Damen verbeugten sich vor ihrem Gegenüber, um ihm für seine Gefälligkeit zu danken, und bestellten sofort beim Kellner ihr Mittagessen.

Girardière durchmusterte seine Nachbarinnen: an ihrem Benehmen, an ihrer Sprache, an ihrer Haltung sah man, daß es ehrbare Frauenzimmer waren, unerachtet man sagt, daß man sich in diesem Punkt in Paris leicht täuschen und grobe Irrthümer begehen könne; wenn aber auch ein unterhaltenes Frauenzimmer durch ihre Toilette täuschen kann, so erkennt man sie immer, *sobald man sie reden hört.*

Die junge Person war artig; ihr frisches, bescheidenes Aussehen machte sie sehr reizend. Je mehr Girardière sie musterte, desto weiter zog er seine Teller und sein Brod an sich, so daß die alte Frau zu ihm sagte: »Sie sind zu gütig ... beschränken Sie sich unsertwegen nicht so sehr ... Wir haben Platz genug! O, geniren Sie sich doch nicht!« – O! meine Damen, das macht mir Vergnügen ... ich bin zu glücklich ... rücken Sie doch Ihren Löffel vor ... Sie haben kein Brod ... Kellner, Brod für diese Damen! – »In der That, wir sind sehr glücklich, ich und meine Nichte, daß wir uns in der Nähe eines so artigen Herrn befinden ... Wir sind nicht gewöhnt, im Gasthofe zu speisen, heute machen wir eine kleine Ausnahme. Anfangs befürchtete ich, es sei unschicklich, daß zwei Frauenzimmer sich zu einem Gastwirth begeben; allein man versicherte mich, daß dies in Paris keine Folgen habe, worauf wir es gewagt haben.« – Man hat Sie nicht getäuscht: in Paris thut man so ziemlich Alles, was man will; es leben hier so viele Leute, daß man sich um Niemand mehr bekümmert. Wie ich sehe, wohnen Sie nicht für gewöhnlich in der Hauptstadt? – »Nein, mein Herr; ich will mich aber, meiner Nichte zu Liebe, welche die Absicht hat, sich hier niederzulassen, auch daselbst ansäßig machen; heute haben wir uns vorgenommen, das Theater in diesem Stadtviertel zu besuchen. Das ist das erste Mal in Paris der Fall, und aus Furcht, nicht zeitig genug hineinzukommen, sagten wir: wir wollen in der Nähe des Theaters zu Mittag speisen, denn es wird sehr schwer sein, einen Platz im Theater zu bekommen, weil das zunächst hier gelegene, nach der Versicherung der Journale, immer sehr angefüllt ist.« – Wenn Sie das Pariser Leben näher kennen lernen, so werden Sie sehen, daß man sich nicht auf die Journale verlassen darf; in der Politik wie in der Literatur streichen sie, ein jedes seine Partie oder seinen Anhang heraus! ... Durch ihr zu vieles Lügen haben sie sich selbst viel geschadet. Ich versichere Sie, daß Sie wohl Zeit zum Diniren haben und im benachbarten Theater hinlänglich Platz finden werden, wenn Ihnen schon das Journal berichtete, daß es alle Abende voll sei.«

Die Dame verneigte sich, und als der Kellner das Bestellte aufgetragen hatte, fing sie mit ihrer Nichte zu speisen an, und unterbrach für den Augenblick die Unterhaltung mit Girardière. Dieser war mit seinem Mahle fertig geworden, aber verlangte ein Gericht weiter, weil er sich noch nicht entfernen wollte, und während des Essens seine zwei Nachbarinnen anhören und beobachten konnte.

»Kellner! Kellner! er ist nie da, dieser Kellner!« schreit der Familienvater, mit seinem Messer an eine Wasserflasche klopfend.

Der Kellner springt zu ihm und fragt ihn, was er befehle.

»Kellner, sind die Salmen frisch?« sagt der Familienvater mit einem Blick auf die Karte. – »Aufzuwarten.« – »Stehen Sie dafür?« – Wie für mich selbst, ich versichere Sie, daß die Salmen ganz frisch sind, übrigens ist auch *geräucherter* Salm da. – »Ah! das ist recht, dann geben Sie uns ... Stockfisch mit Kartoffeln in der Schale. Sehen Sie aber zu, daß die Portion groß ist, es dürfen dann auch um so mehr Kartoffeln sein. Unartiges Kind, bist Du bald genug auf Deinem Sessel herumgehüpft ... er bleibt keine Minute ruhig! In der That, er ist unausstehlich.« – »Papa, und der Eierauflauf?« sagte der Knabe in weinerlichem Tone.

»Still doch! ... sieh, wie brav Deine Schwester ist, sie rührt sich nicht ... Liebes Töchterchen, freut es Dich, bei einem Gastwirth zu speisen?«

Das kleine Mädchen sieht ihren Vater mit einer dummen Miene an und erwidert: »Ich weiß nicht, Papa.«

»So ist's recht ... Du bist artig ... solche Antworten höre ich gerne.«

Die Dame und ihre Nichte sprachen während des Essens wenig; die junge Person, welche schüchtern und verlegen schien, wagte während der Mahlzeit nicht den Kopf umzudrehen und schaute immer auf ihren Teller nieder.

Girardière beobachtete, ohne es merken zulassen, seine Nachbarinnen; gerne wollte er das Gespräch wieder anknüpfen, aber den Unbescheidenen nicht machen, und lieber einen gelegeneren Augenblick abwarten.

Indessen ließ die Tante Lerchen auftragen, und unter dem Essen sagte die junge Person, einen leichten Seufzer ausstoßend: »Ach! wenn Herr Fractin hier wäre ... er ißt die Lerchen so gerne, wie ließe er es sich schmecken!«

Die Tante antwortete einfach: »'s ist wahr.«

Girardière schloß Folgendes hieraus: der Herr Fractin scheint ein Freund von diesen Damen zu sein und die Lerchen leidenschaftlich gerne zu essen.

»Hier ist der gewünschte Stockfisch,« sagte der Kellner, zwei Teller vor den Familienvater hinstellend.

»Das ist sehr wenig!« – »Sie haben bloß eine Portion verlangt.« – »Freilich, aber zu einer Portion sollte man wohl ein größeres Stück bekommen. Sie rechnen hier zwanzig Sous dafür ... beim Teufel, das ist sehr theuer!«

Nichts desto weniger wartete der Herr seiner Familie pflichtlich damit auf, gab seiner Frau etwas vom Mittelstück, seiner Tochter den Schwanz und seinem Sohn die Gräten, mit dem, was daranhängen geblieben, nebst einer Kartoffel, und behielt für sich den Rest.

Diese Aufteilung schien den Knaben nicht zu befriedigen, welcher sich auf seinem Sessel immerfort drehte und wendete und sich die Worts erlaubte: »Ich habe Hunger! ... man gibt mir nichts als Beine und Gräten zum Abnagen und Aussaugen.«

Da das Söhnchen mit seinen Bemerkungen fortfuhr, schlug es sein Herr Vater mit dem Messerheft auf die Finger, worauf es in lautes Weinen und Geschrei ausbrach. Der Vater stand auf und wollte seinem Sohn die Thüre weisen; der kleine Knabe in der Meinung, sein Vater wolle ihn schlagen, glitschte von seinem Sessel unter den Tisch und zog das unglückselige runde Lederkissen mit sich. Letzteres rollte unter einen benachbarten Tisch, wo ein Herr, der sich bückte, um es aufzuheben, bemerkte, daß seine Frau mit ihrem Fuße in den eines neben ihr sitzenden jungen Mannes so sehr verwickelt war, daß sie ihn nicht schnell genug herausziehen konnte. Der Gatte erhob sich wieder voll Zorn und richtete sehr beißende Worte an seine Frau, welche sich in ihrer Bestürzung stellte, als ob es ihr wehe sei. Mehrere Personen standen auf, um ihr zu Hülfe zu kommen und sie fortzutragen; es entstand eine allgemeine Bewegung in dem Speisesaale. Der eifersüchtige Gatte beleidigte den jungen Mann, welcher ihm wieder mit ungestümer Hitze antwortete; sie gingen Beide hinaus: ein Duell wurde auf den andern Morgen festgesetzt! All' dieß fiel vor, weil der Familienvater seinem Sohne bloß die Gräten von einem Stockfisch gegeben hatte.

Endlich wurde die Ruhe im Speisesaal, wo Girardière und seine zwei Nachbarinnen allein friedlich an ihren Plätzen sitzen geblieben waren, wieder hergestellt. Von Zeit zu Zeit sagte die junge Person zu ihrer Tante: »Wenn wir nur auch noch Platz im Theater finden.«

»Liebe Augustine, hast Du den Herrn nicht sagen hören, daß wir ruhig fortspeisen können.«

»Ich wiederhole es Ihnen, meine Damen,« entgegnete Girardière; »überdies, da ich auch in das nächstgelegene Theater gehe, so werde ich, wenn Sie es erlauben, das Vergnügen haben, Sie dahin zu begleiten und ich stehe Ihnen für die besten Plätze.«

»Sie sind in der That zu gütig,« fagte die Tante, »wir nehmen es mit Dank an, denn meine Nichte kommt so selten in das Theater, daß sie ganz trostlos wäre, wenn sie nicht gut sehen würde.«

»Das begreife ich auch sehr gut, aber das Fräulein darf sich auf mich verlassen. Es würde mir selbst unendlich leid thun, wenn sie keinen guten Platz bekäme.«

Die junge Person lächelte, indem sie Girardière liebenswürdig dankte. Dieser war außer sich vor Freude über seinen Einfall, mit seinen Nachbarinnen in das Theater zu gehen, denn je mehr er Fräulein Augustine betrachtete, desto mehr verliebte er sich in sie. Das konnte auch nicht fehlen; denn die Zeit, während welcher sie eine Frikassee von Kalbfleisch und Lerchen aß, war für Girardière mehr als hinreichend, Feuer zu fangen.

Fräulein Augustine war jung und hübsch; sie sah zwar etwas einfältig und unbeholfen aus, allein in den Augen eines Hagestolzen sind solche Fehler gute Eigenschaften. Er sagte zu sich: »Dieses junge Mädchen kommt mit ihrer Tante vom Lande in der Absicht, sich zu etabliren; ich weiß nicht in welcher Branche, doch gleichviel. Sie hat den eiteln Geschmack und die gefallsüchtigen Manieren der Pariser Damen noch nicht angenommen. Wenn sie jetzt einen vernünftigen, geordneten Mann heirathete, z. B. mich, so würde ihr Gemahl ohne Zweifel eine gute Haushälterin an ihr bekommen ... Ich muß mich näher an diese Damen anzuschließen suchen; überhaupt, welche Gefahr laufe ich? ... erhalte ich einen Korb, nun, so ist's eben einer weiter ... das ist Alles ... wenn ich aber siege ... dieses Fräulein sieht mich so liebenswürdig an, es kommt mir vor, als ob es mir gelingen könnte.«

»Kellner! Kellner! einen Eierauflauf!« schreit der Familienvater mit so lauter Stimme, daß man es im ganzen Saal hören konnte.

Ueber diese Ueberraschung hüpfte der Knabe, vor Freude außer sich, auf dem runden Lederkissen, das man wieder aufgehoben und auf seinen Sessel gelegt hatte, in die Höhe. Seine Mutter, die neue Unfälle befürchtete, hielt ihn rasch auf seinem Sessel zurück, und der Papa sagte zu ihm: »Wenn Du Dich nicht ruhig verhältst, unartiges Kind, so bekommst Du nichts davon. Ei, Kellner, bringen Sie mir auch Zahnstocher!«

»Hier mein Herr!«

Girardière verlangte Confekt und knackte zum Zeitvertreib Haselnüsse auf, um sein Mittagessen so lang wie das seiner Nachbarinnen hinauszuziehen. Die Tante aß nicht schnell und bekümmerte sich nicht um die Ungeduld ihrer Nichte. Fräulein Augustine schaute von Zeit zu Zeit auf die Standuhr im Saal und stieß kleine Seufzer aus, welche Girardière mit andern erwiderte, ohne daß es Jemand merkte, obwohl er sie sehr lang dehnte.

Der Eierauflauf ist aufgetragen. Der Knabe stößt einen Schrei der Verwunderung aus, das kleine Mädchen sperrt den Mund auf, der Vater und die Mutter sehen sich einander herzlich vergnügt an; Alle fühlen sich glückselig. Manche Personen bedürfen so wenig um glücklich zu sein; Andere können es gar nicht mehr sein, und zwar aus dem einfachen Grunde, weil sie zu viel haben. So geht es in der Welt.

Allein während der Familienvater und seine Kinder voll Entzücken sind, nimmt der Gegenstand ihrer Verwunderung zusehends ab; noch einige Minuten, und von diesem Hügelchen, das so lieblich abgerundet und wie ein Luftballon ausgespannt war, bleibt nichts mehr als ein schmaler und ärmlicher Streif übrig.

Die Familie beeilt sich, auch diesen aufzuessen, worauf der Vater die Rechnung verlangt, welche der Kellner bald fertig hat und ihm vorlegt. Die Frau neigt sich zu ihrem Gemahl hin, um die Totalsumme zu sehen; der Vater bemerkt endlich: »Man bringt uns um ... das ist schrecklich theuer! wir können nicht so viel verzehrt haben.«

»Mein Lieber, Du kannst Dich leicht davon überzeugen: vergleiche die Rechnung mit den Preisen der Speisekarte, Du kannst ja sehr gut rechnen.«

»Meine Liebe, Du hast Recht.«

Die zwei Gatten nehmen abermals die Speisekarte, sehen nach den Preisen und berichtigen die Addition; endlich ruft der Herr, indem er mit der Faust auf den Tisch klopft, aus: »Kellner! Sie haben sich um fünf Sous geirrt.«

»Sie glauben, ich habe mich geirrt?«

»Sie rechnen für vier Personen Brod an, und meine Frau hat das ihrige nicht gegessen! Beim Teufel, man muß darauf Acht geben! Da haben Sie Ihr Geld ... es sind sechs Liards für Sie dabei.«

Darauf entfernte sich die ehrwürdige Familie, welche sich Polster, Lederkissen und eine Wärmflasche hatte geben lassen, und nahm noch alle Zahnstocher, welche auf dem Tische lagen, mit.

Die alte Dame und ihre Nichte waren ebenfalls mit ihrem Mittagessen fertig geworden und bezahlten, ebenso Girardière, und Alle gingen miteinander von dem Gastwirth fort.

Girardière holte als galanter Cavalier schnell Billete und führte die Damen auf die erste Galerie, welche zu drei Viertheilen leer war, trotz der Versicherung der Journale, daß man alle Tage eine

Masse Personen zurückweisen müsse. Die Tante und Nichte setzten sich in die erste Reihe; Girardière nahm hinter diesen Damen Platz, um leichter mit ihnen schwatzen zu können; denn er hatte Alles gut berechnet und hoffte während des Schauspiels nähere Bekanntschaft zu machen und sich mehr Zutrauen zu gewinnen.

Die Tante Augustinus hatte vor Allem Girardière die Auslage für ihre Plätze ersetzt, welche er annehmen zu müssen glaubte, da er mit diesen Damen in keinem so engen Verhältniß stand, daß er sich die Freiheit hätte nehmen dürfen, ihnen das Vergnügen des Theaters umsonst anzubieten. Er wollte gerne ein Gespräch einleiten, aber das Stück begann, und die Tante wie ihre Nichte hörten bloß auf das, was auf der Bühne vorging.

Während die Damen ganz Auge und Ohr waren, beobachtete sie Girardière fortwährend und wurde immer vergnügter darüber, daß er Ihnen begegnet war. Die Tante trug das Gepräge einer würdigen Frau von guten Sitten und strenger Rechtschaffenheit. Das bewies ihr Hut, ihr Kleid und ihre Tasche. Die Einen, und zwar die Mehrzahl, berufen sich auf den Ausdruck der Physiognomie; Andere gründen ihr Urtheil auf die Stimme, Handschrift, auf das Benehmen, auf die Hand der Person; Girardière beurtheilte eine Frau nach ihrem Kleide, nach ihrem Hute.

Während eines Zwischenaktes erfuhr unser Ehestands-Candidat mehr: die Tante hieß Gerbois, war Wittwe und besaß bloß ein mittelmäßiges Vermögen; die Nichte sollte ihre Erbin sein; einstweilen hatte diese Nichte kein Vermögen, sie mußte daher arbeiten, um sich eine kleine Mitgift ersparen und eine Heirath treffen zu können; weil ein junges, artiges Mädchen selten eine Versorgung findet, wenn sie ihrem Manne nichts zubringt. Da Fräulein Augustine sehr gut nähte, kam sie nach Paris, um sich hier als Näherin zu vervollkommnen; mit dieser Kunst hoffte sie bald im Stande zu sein, ihr Brod zu verdienen und sich darauf gut zu verheirathen.

Girardière hielt dies Alles für sehr vernünftig, billigte das Verfahren der Frau Gerbois und sagte zu sich selbst, indem er wieder einen tiefen Seufzer ausstieß: »Eine Näherin zur Frau! ... dabei ist nichts Unangenehmes! ... wenn eine Frau beschäftigt ist, denkt sie nicht oder denkt wenigstens nicht so oft daran, Stutzer anzuhören, und überdies, wenn sie keine Kundschaft hat, so kann sie immerhin ihre Kleider sich selbst machen, das ist eine Ersparniß. Fräulein Augustine wäre mir sehr anständig, sie könnte auch meine Hemden sticken und zur Noth meine Westen machen.«

Den ganzen Abend betrachtete Girardière das junge Mädchen, welche bloß auf das Schauspiel sah; bei jedem Akt wurde er verliebter. Da man an diesem Abend sehr lange Stücke spielte, war Girardière, als das Theater aus war, leidenschaftlich in Fräulein Augustine verliebt.

Während der Hagestolz in den Zwischenakten mit der ältern Dame plauderte, unterließ er es nicht, von seiner Person, von seiner Stellung in der großen Welt und von seinen tausend Thalern Rente zu reden; die Tante schien sehr geschmeichelt, mit einem so rechtschaffenen Mann und Rentier Bekanntschaft gemacht zu haben.

Das Schauspiel war zu Ende. Girardière wollte nicht gestatten, daß die Damen allein nach Hause zurückgingen. Sie wohnten am Ende der Vorstadt Saint-Jaques, der Weg dahin war ziemlich weit; er bot einen Fiaker an, den die Tante ausschlug; darauf lud er sie in einen Omnibus ein, was sie annahm.

Girardière stieg mit den Damen ein, unerachtet er in der Paradiesstraße, welche keineswegs in der Nähe der Vorstadt Saint-Jaques ist, wohnte; allein die Liebe, welche die Herzen einander nähert, den Rang ausgleicht und über die Vorurtheile siegt, hob auch die Entfernung zwischen der Paradiesstraße und der Vorstadt Saint-Jaques auf. Girardière setzte sich in dem Wagen neben Fräulein Augustine, welche auf dem ganzen Wege keinen Laut von sich gab, da sie von dem Eindrucke, welchen das Schauspiel auf sie gemacht hatte, noch ganz ergriffen war, und diesen Eindruck als ein Glück betrachtete, das sie fest halten wollte.

Die Damen, in der Nähe ihrer Wohnung angekommen, stiegen aus. Girardière stieg ebenfalls aus: er bot seinen Arm an, er wurde angenommen. Man ging wenigstens noch zehn Minuten weit, weil der Wagen nicht gerade vor das Haus dieser Damen hingefahren war, aber Girardière bedauerte es nicht: er hielt Augustinens Arm unter dem seinen; da das Pflaster etwas schlüpfrig war, stützte sich die junge Person mit einer Hingebung auf ihn, die ihren Cavalier entzückte.

Man hielt vor einem Hause, dessen Eingang, wie die meisten der Vorstadt Saint-Jaques, schwarz und düster aussah.

»Hier wohnen wir,« sagte Frau Gerbois. »Ich habe Ihnen für Ihre außerordentliche Gefälligkeit vielmals zu danken.«

Girardière wartete noch auf eine weitere Einladung und auf die Erlaubniß, manchmal der Tante und ihrer Nichte einen Besuch abstatten zu dürfen. Da man dies nicht berührte, erkühnte er sich, selbst darum zu bitten. Die Liebe machte ihn verwegen.

»Mein Herr,« sagte die ältere Dame, »meine Nichte und ich nehmen sehr wenig Besuche an, weil man in Paris befürchten muß, manchmal in gefährliche Verbindungen zu kommen. Allein Sie scheinen mir zu rechtschaffen, als daß ich ihnen die erbetene Erlaubniß abschlagen könnte, und wenn meine Gesellschaft Sie nicht allzusehr langweilt, so wird es mir sehr schmeichelhaft sein, mit einem so höflichen und ausgezeichneten Manne nähere Bekanntschaft zu machen.«

Girardière verbeugte sich bis auf den Boden, so sehr war er über die Aeußerung der Frau Gerbois entzückt, und wahrend er noch immer Komplimente machte, hatten sich Tante und Nichte in dem Hausgang, in welchem sie schon bekannt waren, verloren und ließen, die Thüre hinter sich schließend, ihren galanten Cavalier vor dem Eingang ihres Hauses seine tiefen Reverenzen fortsetzen.

Als Girardière bemerkte, daß er bloß noch vor einer Thüre sich verbeuge, entschloß er sich fortzugehen, betrachtete aber vorher mit großer Aufmerksamkeit das Haus, in welchem Fräulein Augustine wohnte, um es wieder gut zu erkennen, wenn er bei hellem Tag dahin zurückkehren würde.

Neuntes Kapitel.

Herr Fractin.

Girardière hatte die ganze Nacht von Fräulein Augustine geträumt. Ihr Bild kam ihm nicht aus dem Sinne.

Am folgenden Tage wollte er in der Vorstadt Saint-Jaques spazieren gehen. Er wollte zwar nicht wagen, bei Frau Gerbois seine Aufwartung zu machen, eine so große Aufdringlichkeit hätte lächerlich scheinen können; allein er wollte das Haus, welches die hübsche Näherin in sich schloß, betrachten, er wollte die Luft, welche sie einathmete, auch einathmen! Die Liebenden halten, wie Sie wissen, sehr viel auf so Etwas.

Das Haus, in welchem diese Damen wohnten, war weder schön noch neu, der Eingang lang und etwas dunkel, auch mangelte es an einem Portier, was für Jemand, der gerne Erkundigungen einziehen wollte, sehr widerlich war. Nachdem Girardière in dem untern Hausgang einige Zeit auf- und abgegangen war, ging er bis an die Treppe, deren Geländer, von massiven, plump geschnitzten Holzstäben, modernen Baumeistern keine Ehre gemacht hätte. Er wagte in die Höhe zu schauen und zog die Nase hinauf, als er einen Fuß auf den ersten Tritt setzte.

In diesem Augenblicke ließ eine alte Frau vom ersten Stockwerk, welche ihre Strohmatte über das Geländer der Treppe ausschüttelte, eine Staubwolke und eine Menge Strohhälmchen Girardière in die Augen fallen, was ihn zum Rückzug nöthigte, wobei er die Augen ausreibend zu sich sagte: »Ich habe mich für heute mit den Oertlichkeiten hinlänglich bekannt gemacht, morgen werde ich zurückkehren und der Frau Gerbois meine Aufwartung machen.«

Am folgenden Tage machte unser Hagestolz sorgfältig seine Toilette und begab sich sofort auf den Weg nach der Vorstadt Saint-Jaques.

Er kannte zwar das Wohnhaus der Damen, die er besuchen wollte, sehr gut, aber er wußte nicht, in welchem Stock sie logirten. Girardière stieg eine schwarze schmutzige Treppe hinauf und klopfte an eine Thüre im zweiten Stockwerk.

Eine alte Frau in einem Kamisol, den Kopf in wenigstens vier Halstücher eingewickelt, öffnete Girardière, welcher nach der Frau Rentnerin Gerbois, die eine Nichte habe, fragte. »Hier wohnt sie nicht.«– Doch, sie wohnt in diesem Haus. – »Was treibt denn diese Dame?« – Was sie treibt? ich denke, sie treibt nichts; sie hat aber eine Nichte, welche Näherin ist ... eine junge, sehr interessante, sehr hübsche Person. – »Ah! richtig ... demnach sind es wahrscheinlich meine Nachbarinnen im obern Stockwerk, die erst seit kurzer Zeit in Paris sind.« – Ganz richtig, sie sind vom Lande hierher gezogen. – »Das Zimmer der Nichte ist über dem meinigen, sie lärmt sogar ziemlich darin! ... ich weiß nicht, ob sie zu ihrem Vergnügen auf den Absätzen herumhüpft und tanzt, aber ich kann deßhalb oft nicht einschlafen. Uebrigens kann ich Ihnen nicht sagen, ob diese Damen liebenswürdig sind; ich habe sie bloß einmal um etwas Feuer gebeten, welches sie mir unter dem Vorwand, sie hätten keines, abschlugen. Man sieht wohl, daß sie das Pariser Leben nicht kennen, denn das war weder freundschaftlich, noch gefällig.«

Girardière bedankte sich und verließ die Nachbarin, welche zum Schwatzen sehr aufgelegt schien. Er ging die obere Stiege hinauf und klopfte an die Thüre. Man öffnete ihm nicht. Indessen hörte er ein Geräusch, als ob man einen Sessel von der Stelle rücke. In demselben Augenblick öffnete sich eine Thüre gegenüber und Frau Gerbois zeigte sich.

»Ich bitte sehr um Verzeihung,« sagte Girardière, »ich war der Meinung, ich klopfe bei Ihnen an. Man hatte mir diese Thüre bezeichnet.« – Nein, die Thüre an der Sie klopften, geht in das Zimmer meiner Nichte: wir sind durch den Hausgang getrennt, das ist sehr unangenehm, allein was ist in Paris anders zu thun; man richtet sich ein, wie man kann, wenn man die Mittel für eine theure Miethe nicht besitzt. Bemühen Sie sich doch, einzutreten.« Girardière folgte der alten Frau, welche ihn sehr gut empfing und in ihre Wohnung, bestehend in einem ziemlich schönen Zimmer und einer kleinen Küche, einführte.

»Da sehen Sie mein ganzes Gelaß; meine Nichte hat auch noch ein Zimmer, worin sie sich aber selten aufhält, weil sie mir fast immer Gesellschaft leistet. Wir sind nicht reich und wollen keine Schulden machen, müssen daher vorsichtig zu Werke gehen. Uebrigens kommen keine Besuche zu uns; höchstens einige Freundinnen meiner Nichte, die das Nähen lernen, und ein Kunsttischler, der in dieser Straße ansäßig ist, und sich manchmal Abends bei uns einfindet. Das ist unsere ganze Gesellschaft, die äußerst klein ist.«

Girardière sah sich überall nach Fräulein Augustine um, bemerkte sie aber nirgends.

»Meine Nichte ist ausgegangen,« sagte Frau Gerbois, »um bei einer Dame, welche sie sehr liebt, eine neue Kleidermode zu lernen; sie wird sich aber nicht lange aufhalten.« – Ich glaubte, sie sei in ihrem Zimmer,« entgegnete Girardière. – »Nein, sie ist ausgegangen.«

Girardière unterhielt sich unterdessen mit der Tante. Zudem kam ihm diese Gelegenheit sehr erwünscht, von sich und von seinem Vermögen zu reden. Aus Furcht, für einen Lügner gehalten zu werden, trug er immer seine Quittungen für Hauszins und seine Feuerversicherungspolice bei sich. Allein die Frau schien in seine Angaben durchaus keinen Zweifel zusetzen, und theilte selbst ihrem neuen Bekannten Näheres über ihre Familie und ihr Vermögen mit. Die Tante besaß bloß eintausendvierhundert Franken Einkünfte, von denen sie mit ihrer Nichte leben mußte, bis die letztere so viel Geschicklichkeit erlangt hatte, daß sie ihr Brod verdienen konnte.

»Oder bis sie sich verheirathet,« fügte Girardière lächelnd hinzu.

»O! heirathet man auch junge Mädchen ohne Vermögen? Das wäre ein glücklicher Zufall, wenn meine Nichte einem rechtschaffenen Mann begegnen würde, der ihr Glück begründen wollte.« Girardière wagte nicht, sich zu erklären, aus Furcht, er möchte zu weit gehen; er murmelte bloß: »Es wird sich einer zeigen, zweifeln Sie nicht daran.«

Fräulein Augustine kommt: sie lächelte liebenswürdig gegen Girardière, der darüber ganz entzückt war. Er schwatzte lange mit diesen Damen; endlich entfernte er sich, weil er beim ersten Besuch nicht unbescheiden sein wollte, bat jedoch Frau Gerbois um die Erlaubniß, manchmal den Abend bei ihnen zubringen zu dürfen. Die alte Tante versicherte ihn, daß sie und ihre Nichte über seinen Besuch immer erfreut sein würden.

Girardière entfernte sich äußerst vergnügt. Im Hausgang hielt er vor der Thüre der Nichte und sang: »Hier athmet Rosa!«

Indem glaubte er ein Geräusch in jenem Zimmer zu hören: er lauschte, es hörte auf; er dachte, er könne sich getäuscht haben, und ging die Treppe hinunter, indem er sich die Hände rieb und zu sich sagte: »Das geht gut ... das sind rechtschaffene Leute! darauf sehe ich vor Allem. Denn wenn ich ein armes Mädchen heirathe, so will ich wenigstens ihrer Tugend versichert sein! ... O! diesmal glaube ich, habe ich das rechte Frauenzimmer gefunden. Ich habe Mühe gehabt ... doch ist es mir am Ende gelungen!« Girardière kam freudetrunken nach Haus, umarmte seine alte Mutter und sagte zu ihr: »Freuen Sie sich: bald wird Ihnen eine Schwiegertochter Gesellschaft leisten! ... sie wird Ihnen die Pantoffeln hinrichten, das Feuer anblasen ... kurz, sie wird für Sie äußerst besorgt sein.«

»Wirklich, mein Söhnchen?« erwiderte das gute Mütterchen, welches bereits kindisch war; »aber Du bist, wie es mir scheint, zum Heirathen noch zu jung.«

Girardière hielt es nicht für nöthig, mit seiner Mutter über seine Volljährigkeit zu streiten, sondern stellte sich vor einen Spiegel und ärgerte sich ob seiner weißen Haare fast zu Tode.

Am folgenden Tage nach dem Mittagessen unterließ es Theophilus nicht, sich zu Frau Gerbois zu begeben. Ein junges Frauenzimmer und ein Herr saßen neben Fräulein Augustine.

Der Herr sah wie ein Gänserich aus. Er verlängerte die Nase und verzog den Mund, wenn er sprechen wollte, allein er begnügte sich fast immer mit Zuhören. Er war von mittlerem Alter, hieß Herr Trubert, und war, wie Girardière bald erfuhr, der Tischler, welcher in der Gegend wohnte, und von dem er schon gehört hatte.

Die Mamsell war jung, hübsch, und sah sehr aufgeweckt aus: es war eine Nähterin und Freundin der Fräulein Augustine.

Girardière wurde auf das Beste empfangen; seine Ankunft schien eben so sehr die Nichte, wie die Tante zu erfreuen, und da die Gewißheit, daß man angenehm ist, muthig und kühn macht, so fing Girardière an zu plaudern und zu erzählen, kurz, er führte das Wort, denn die Damen schienen ihn mit Bewunderung anzuhören, und der Tischler war zu schüchtern, als daß er ihn zu unterbrechen oder ihm sogar nur zu antworten sich erlaubt hätte.

Der Abend ging schnell vorüber. Er kam Girardière sehr kurz vor; man ist immer gerne in einem Hause, wo man wie ein Orakel angehört wird. Unser Hagestolz entfernte sich, über die Wirkung, welche er hervorgebracht hatte, äußerst entzückt. Der Tischler ging mit ihm fort und verließ ihn unterwegs, indem er sehr ehrfurchtsvoll zu ihm sagte: »Ich habe die Ehre, Ihnen gute Nacht zu wünschen.« Das war die längste Phrase, welche er während des ganzen Abends gesprochen hatte, und bei der er noch drei Mal absetzte.

Am nächsten Abend besuchte Girardière abermals Frau Gerbois, ebenso an dem darauf folgenden Tag. Vierzehn Tage lang kam er so alle Abende zu seinen neuen Bekannten, welche sich so sehr an ihn gewöhnt hatten, daß sie sich beunruhigten, wenn er um sieben Uhr Abends nicht schon da war.

Die Gesellschaft dieser Damen war fast immer dieselbe, und bestand nur aus der jungen Nähterin und dem Tischler; wenn der Letztere nach seinem Eintritt gegrüßt und sich nach der Gesundheit eines Jeden erkundigt hatte, öffnete er den Mund nicht mehr, bis er gute Nacht wünschte. Girardière sagte zu sich: »Wenn Herr Trubert Frau Gerbois besucht, um Mamsell Augustine zu sehen, so ist er gewiß kein gefährlicher Nebenbuhler. Er sieht dumm aus, und kommt mir auch sonst durchaus nicht verliebt vor.«

Girardière hatte bereits einige zweideutige Worte über seine Heirathsabsichten entwischen lassen; er hatte von Weitem darauf angespielt, daß er eine Frau suche und auf kein Vermögen sehe. Die Tante hatte ihm zärtlich zugelächelt, die Nichte ihn von der Seite angesehen und einen tiefen Seufzer ausgestoßen.

Girardière entfernte sich, immer die Hände reibend, und sagte zu sich: »Das geht sehr gut ... Ich gefalle; man gibt es mir hinlänglich zu verstehen ... endlich habe ich eine Frau gefunden! Gott Lob und Dank! Ich werde nun bestimmt heirathen.«

Aber an einem Abend hörte Girardière, während er mit der alten Tante plauderte, was hinter ihm Augustine und ihre Freundin zu einander sagten. Obwohl die jungen Mädchen leise sprachen, vernahm Girardière doch folgende Worte sehr gut:

»Ei, Augustine, wie benimmt sich Herr Fractin gegen Dich?« – O! sehr gut! Er ist sehr liebenswürdig! –»Nicht wahr, Du liebst ihn immer?« – Ob ich ihn liebe? O! bis zum Wahnsinn. – »Ich habe ihn schon lange nicht mehr gesehen.« – In meinem Zimmer kannst Du ihn sehen; er ist fast immer dort, weil ihn meine Tante nicht liebt.«

Weiter sprachen die jungen Mädchen nicht davon; allein das Gehörte hat Girardière schon den Kopf verrückt. Ein Schauder drang ihm vom Kopf bis zu den Füßen, das Blut schlug ihm ins Gesicht, er wurde puderroth, und wußte nicht mehr, was er sagte, so daß Frau Gerbois ihn fragte, ob er sich unwohl befinde, ab man Etwas holen solle?

»Nein, mir fehlt nichts, gar nichts,« erwiderte Girardière, indem er seine Verwirrung zu verbergen suchte; er warf einen Blick auf Augustine, allein das junge Mädchen sah auf ihre Arbeit, und schien bloß mit ihrem Nähen beschäftigt.

Den ganzen Abend war Girardière zerstreut, befangen, nichts weniger als gesprächig, belauerte die geringsten Bewegungen Augustinens, lauschte wenn sie mit ihrer Freundin sprach; kurz, er empfand schon alle Bangigkeiten der Eifersucht, und war äußerst unglücklich.

Er entfernte sich bälder als gewöhnlich, dachte, sobald er allein war, über das Gespräch, das er vernommen hatte, nach, und sagte: »Was ist denn das für ein Fractin? Augustine hat immer gesagt, sie liebe ihn, sie sei in ihn vernarrt! ... O, die Heimtückische! das hätte ich nie von diesem jungen Mädchen geglaubt, welches so naiv, so offenherzig aussieht! ... Wem darf man denn gegenwärtig noch trauen! Das Strafbare dieser Verbindung lassen mich ihre letzten Worte vermuthen: »Er kommt fast immer in mein Zimmer, weil ihn meine Tante nicht liebt! ...« das scheint wirklich der Fall. Die Tante liebt diesen Herrn nicht, sie wird ihm den Zutritt zu ihr verboten haben, und nun geht er zu ihrer Nichte! Dann in der That habe ich diesen Herrn Fractin nie bei Frau Gerbois getroffen! Das beunruhigt mich sehr ... man empfängt mich gut, man stellt sich entzückt, wenn ich vom Heirathen rede. Sollte irgend ein verbrecherischer Liebeshandel, irgend ein strafbares früheres Verhältniß vor mir verborgen bleiben! Im Augenblick möchte ich freilich eine Frau, allein ich will nicht betrogen werden ... O! ich werde das Wahre erfahren, ich werde all' dies aufklären!«

Girardière hatte eine sehr unruhigst Nacht; er erinnerte sich noch sehr lebhaft, wie Fräulein Augustine bei dem Speisewirth während des Lerchenessens einen Seufzer ausgestoßen und gesagt hatte: ,»Ach, wenn Herr Fractin da wäre! er, der die Lerchen so sehr liebt!«' ... Mit diesem Fractin beschäftigt sie sich also immer viel, an ihn denkt sie unaufhörlich. O treulose Augustine!«

Girardière wendete und drehte sich im Bett herum, und begann nach einem Augenblick auf's Neue: »Und der Lärm, den ich mehrmals in dem Zimmer der Nichte gehört habe, wenn die Tante glaubte sie sei ausgegangen, ohne Zweifel befand sie sich dann mit diesem Herr Fractin darin ... O die Frauen! o die jungen Mädchen! ... Meine liebe Mutter hat mich mit Recht ermahnt, ich solle mich nicht übereilen ... wenn ich meinem ersten Gefühle Gehör geschenkt hätte, so würde ich bereits um diese Kleine angehalten haben. Ich wäre nun ihr Gemahl ... und sie würde mich nicht lieben, sie würde mich verrathen ... doch will ich als heimlicher Beobachter mir noch Beweise von der Treulosigkeit Augustinens zu verschaffen suchen.«

Mit Anbruch des Abends kehrte Girardière in die Vorstadt Saint-Jaques zurück, mit dem festen Vorsatz, nichts merken zu lassen und seinen Argwohn zu verheimlichen.

Die gewöhnliche Gesellschaft war bei Frau Gerbois versammelt. Herr Trubert sprach nicht mehr als sonst, dagegen flüsterten die zwei jungen Mädchen sich öfters in's Ohr. Unglücklicher Weise konnte Theophilus ihre Worte nicht auffassen; doch der Name Fractin hatte abermals sein Ohr erschüttert, und Fräulein Augustine brach mehr als einmal in ein Gelächter aus, was unser Hagestolz für sehr unanständig hielt.

Frau Gerbois, welche neben Girardière saß, hatte das Gespräch auf das Heirathen geführt und mehrmals gesagt: »Ich würde sehr vergnügt sein, meine Nichte verheirathet zu sehen.«

Sofort hielt sie inne, sah Girardière an, als ob sie eine Antwort erwarte; dieser dagegen fing immer ein anderes Gespräch an, und that, als ob er es nicht verstehe, worüber die alte Frau sich sehr wunderte.

Es war Zeit, sich zurückzuziehen. Girardière sagte in einem etwas feierlichen Tone: »Gute Nacht, meine Damen!« und verließ mit den Andern, welche auf der Straße sich von ihm trennten, das Haus. Girardière stellte sich, als ob er seines Weges nach Hause fortgehe, blieb aber bald stehen und sprach zu sich: »Jedermann ist fortgegangen, Augustine muß sich nun von dem Zimmer ihrer Tante in das ihrige zurückgezogen haben; wer weiß, ob sie nicht diesen Augenblick zum Empfange ihres Herrn Fractin wählte! ... Wenn ich mich dessen versichern könnte ... Warum nicht? im Hause befindet sich kein Portier, die Thüre zum Hausflur kann man mittelst einer geheimen Feder, von der ich weiß, öffnen. Folglich kann ich mich zu jeder Stunde der Nacht, ohne daß man es merkt, in das Haus hineinschleichen. Wenn Alles sich schlafen gelegt hat, so werde ich in's Haus zurückkehren, die Stiege ganz still hinaufgehen und mein Ohr an die Thüre von Augustinens Zimmer hinhalten. Wenn Jemand bei ihr ist, so muß ich es gewiß hören.«

Girardière, vergnügt über seinen Einfall, ging drei Viertelstunden lang in der Straße auf und ab; als er dachte, er werde nun auf der Stiege Niemand mehr begegnen, näherte er sich der Wohnung der Frau Gerbois.

Alles war ruhig in der Straße, die Laternen warfen nur ein schwaches Licht (denn das Gas war noch nicht in dieses Viertel gedrungen). Girardière schlich sich an der Mauer fort, indem er immer hinter sich schaute; er erreichte die Hausthüre, drückte die Feder auf und trat stille in's Haus ein.

Das Herz schlug ihm, wie wenn er einen bösen Streich ausführen wollte, und er sagte zu sich: »Mit Recht vergleicht man einen Verliebten mit einem Dieb ... Wenn man mich in diesem Augenblick aufgriffe, so würde man mich gewiß für einen Dieb halten, sogar für einen schlimmen Dieb! Beim Teufel! wenn ein Hausbewohner auf der Stiege mir begegnete, mir abpaßte und mich fragte, was ich hier zu thun habe ... Und all' das wegen gar nichts ... ich sollte mich fortmachen ... doch nein! ich muß meinen Argwohn aufklären; ich muß wissen, ob ich Augustine heirathen kann. Wenn ich diese Nacht nichts höre, so werde ich von Morgen an sie wieder besuchen, und wenn ich nach vierzehn Tagen nichts Verdächtiges mehr vernommen habe, so werde ich ihr meine Liebe auf's Neue schenken.«

Girardière geht der Stiege zu, tritt sehr vorsichtig hinauf, um kein Geräusch zu machen, halt sogar den Athem zurück, so sehr fürchtet er, es mochte sich eine Thüre vor ihm öffnen.

Endlich kommt er im dritten Stock an; schon im Hinaufgehen betrachtet er von unten die Thüre von Augustinens Zimmer. Es ist kein Licht darin, sie ist also schon im Bett oder noch bei ihrer Tante; er nähert sich, halt sein Ohr an die Thüre, und da ihm Alles stille scheint, so will er sich zurückziehen, als auf einmal eine ihm sehr bekannte Stimme in seine Ohren dringt; es ist die Augustinens. Er unterscheidet folgende Worte sehr gut: »Nun, Herr Fractin, Du willst nicht zu mir kommen? ... wohlan ... komm doch Bösewicht! ... Muß ich Dich holen?«

»O! die Treulose! o! die Unwürdige!« murmelt Girardière, indem er seine Stirne an dem Schlüsselloche aufritzt, »sie will ihren Geliebten bei sich haben, er ist bei ihr, dieser Fractin, mein ehrloser Nebenbuhler, er ist Nachts in ihrem Zimmer!«

Girardière erstickt beinahe; indessen holt er Athem und paßt immer auf. Bald hört er etwas Neues, was sein Herz noch schmerzlicher zerreißt! er vernimmt zärtlich wiederholte Küsse; jetzt kann er sich nicht mehr halten, entfernt sich von der Thüre, tappt im Dunkeln nach dem Stiegengeländer und geht schnell hinunter, indem er zu sich sagt: »Ich habe genug ... übergenug ... ich will nichts weiter vernehmen ... Dank der Vorsehung für den Einfall, an der Thüre zu lauschen ... Ich hätte dieses junge Mädchen geheirathet! ... ich hätte sie mit dem innigsten Vertrauen genommen, wenn ich nicht gehört hätte, was sie ihrer Freundin gesagt ... Dank dem Himmel! ... Lebewohl, Vorstadt Saint-Jacques! man wird mich dort lange nicht mehr sehen.«

Girardière ging zum Hause hinaus, dessen Thüre er ziemlich stark und nicht ohne Geräusch wieder schloß. Mit großen Schritten durchlief er die Straßen und sprach auf dem ganzen Wege laut mit sich selbst. Er ließ seiner Wuth freien Lauf, verfluchte die Frauen, verfluchte die jungen Mädchen, und rannte in die Gosse hinein, obwohl er, da es sehr spät war, ganz wohl in der Mitte der Straße hätte bleiben können.

Einen ganzen Monat lang ging Girardière nicht aus dem Hause. Wenn seine alte Mutter ihn wegen des Frauenzimmers, das er heirathen wollte, fragte, verließ er sie schnell mit den Worten: »Reden Sie mir nicht mehr vom Heirathen, weder von Frauen, noch von Jungfrauen ... o die Frauen! ich kann sie nicht schmecken.«

Indessen dachte Girardière trotz seiner Aeußerung, er könne die Frauenzimmer nicht schmecken, Tag und Nacht an Augustinen, deren Treulosigkeit er verfluchte und sagte zu sich: »Wie schade! dieses junge Mädchen entsprach ganz meiner Anforderung ... arbeitsam, gar nicht gefallsüchtig, wenigstens ließ sie sich es nicht anmerken ... und, was ich noch für das Unwürdigste von ihrer Seite halte, ist, daß sie sich stellte, als ob sie mich liebe! Warum behandelte sie denn mich so liebreich, da sie doch insgeheim ihren Herrn Fractin anbetet!«

Nach Verfluß eines Monats konnte Girardière seinem Verlangen nicht mehr widerstehen, zu erfahren, was die Frau Gerbois und ihre Nichte von ihm dächten und was sie trieben, da sie jedenfalls sehr staunen müßten, ihn, der ihnen fast alle Abende Gesellschaft leistete, nicht mehr zu sehen.

»Was hindert mich, ihnen einen Besuch abzustatten,« sagte Girardière, »überdies ... was habe ich zu befürchten! da ich nun die Schliche Augustinens mit Herrn Fractin kenne, so wird mich dieses kleine Mädchen nicht mehr in ihre Schlinge ziehen, und da ich mich nie bestimmt erklärt habe, so kann man mir auch keinen Vorwurf machen. Wohlan, vorwärts, zu diesen Damen! Beim Henker! ich werde mich nicht wenig ergötzen an dem Aerger dieses Mädchens, dem ich den Hof nicht mehr machen werde. Ich werfe ihr einige anspielende Worte hin ... und werde mich an ihrer Verlegenheit ordentlich weiden.«

Girardière, erfreut überfeinen Einfall, machte seine Toilette und stieg in einen Wagen, der ihn nach der Vorstadt Saint-Jacques führte.

Um die Mittagsstunde tritt unser Ehestands-Candidat in das Haus, dem er ein ewiges Lebewohl gesagt hatte. Das Herz klopft ihm, als er die Stiege hinaufgeht, es klopft noch stärker im Vorbeigehen an jener Thüre, wo er Geheimnisse belauschte, welche alle seine Pläne geändert haben; endlich faßt er ein Herz und läutet bei der Frau Gerbois.

Augustine öffnet ihm. Sie ist zierlicher als gewöhnlich angekleidet. Die Nähterin, ihre Freundin, Herr Trubert der Tischler, so wie vier andere Personen sind anwesend. Die Herren sind schwarz gekleidet, die Damen in Gala.

Beim Anblick Girardière's ruft Augustine aus: »Ah! Sie sind es ... mein Gott! ... so lange haben Sie uns im Stiche gelassen ... welch' Wunder, Sie wieder zu sehen! ... meine Tante wird sogleich kommen, sie ist im anstoßenden Zimmer ... kommen Sie doch herein ...«

Girardière tritt ein und sucht den Beweggrund dieser Zusammenkunft bei der Frau Gerbois zu errathen. Während er sich verbeugt und einen Sessel nimmt, hebt Augustine eine dicke, röthliche Katze, die eben durch das Zimmer sprang, in ihre Arme auf, umarmt sie zärtlich und trägt sie zu Girardière hin mit den Worten: »Ich stelle Ihnen Herrn Fractin vor ... das ist der große Unverschämte ... Sie lernten ihn noch nicht kennen, denn er ist fast immer in meinem Zimmer, weil meine Tante keine große Liebhaberin von Katzen ist ... aber heute ... an diesem festlichen Tag, habe ich die Erlaubniß zu seinem Eintritt erhalten ... nun, Herr Fractin, mach' einen Purzelbaum!«

Während des Gesprächs des jungen Mädchens nimmt Herr Girardière alle Farben an, ein kalter Schweiß fließt von seiner Stirne, seine Brille fällt ihm von der Nase herunter; endlich stammelt er, den Blick auf Augustine heftend: »Wie, Fräulein ... diese Katze ... ist Herr Fractin! ... Herr Fractin ist eine Katze? ...« – Ja, gewiß, was ist daran Außerordentliches?«

Girardière schlägt sich vor die Stirne, steht auf, ohne daß er sich die Zeit nimmt, seine Brille wieder aufzusetzen; läuft mitten durch die Stube, stößt die Nase an einen Schrank, wirft zwei Sessel um, und kommt endlich in das Zimmer, wo Frau Gerbois ist, der er von Weitem, ehe er sie wahrnimmt, zuruft: »Frau Gerbois! ich komme, Sie um die Hand Ihrer Nichte zu bitten ... ich will mich verheirathen ... ich verzichte auf die Thorheiten des Hagestolzenlebens ... ich bete Fräulein Augustine an ... Verehelichen Sie uns gefälligst in aller Eile ... ich habe tausend Thaler Renten ... ich verlange kein Heirathsgut.«

Die ganze Gesellschaft staunt über das ungestüme Hinausstürzen dieses Herrn, welcher in der Absicht, um ein junges Mädchen anzuhalten, Alles durcheinanderwirft; allein Frau Gerbois antwortet

Girardière ganz ruhig: »Ihr Antrag kann uns nur Ehre machen, und wenn Sie ihn früher gestellt hätten, so wären Sie jetzt der Gatte meiner Nichte; allein Sie haben plötzlich Ihre Besuche bei uns abgebrochen, ohne uns einen Grund Ihrer Abwesenheit mitzutheilen. Während dieser Zeit hat sich Herr Trubert erklärt und um Augustine angehalten. Herr Trubert ist ein braver, rechtschaffener Mann, und wir hatten keinen Grund, ihn abzuweisen ...«

Hier verbeugt sich Herr Trubert tief vor der ganzen Gesellschaft, worauf Frau Gerbois fortfährt: »Ich habe eingewilligt, und eben sind wir im Begriffe, auf das Rathhaus zu gehen ... Es ist Zeit aufzubrechen; wohlan, meine Herren und Damen, lassen Sie uns fortgehen, damit der Herr Maire nicht auf uns warten darf ... Auf Wiedersehen, Herr Girardière; meine Nichte wird sich in dieser Straße niederlassen. Wenn Sie eine Tabaksdose brauchen, schenken Sie uns Ihre Kundschaft.«

Girardière ist so niedergeschlagen, daß er außer Stand ist, nur ein einziges Wort zu antworten. Indessen geht die Gesellschaft hinaus, der er folgen muß; man verabschiedet sich von ihm, und er befindet sich bald allein im Hausgange.

In der Verzweiflung rennt er mit dem Kopf gegen die Wand, reißt seine paar Haare vollends heraus und kommt endlich mit einem Fieber nach Hause zurück. Als seine alte Mutter ihn fragt, was ihm fehle, erwidert er bloß mit einem äußerst sauren Gesicht: »Eine Katze war's ... Mutter! ... eine Katze! ... was ist das 'auch für ein Einfall, eine Katze Herrn Fractin zu nennen! ... ach! ich bin der unglücklichste Mensch auf der Welt! Einst war es ein Hund, wegen dessen ich die Hand des Fräuleins Grandvillain nicht erhielt, heute ist eine Katze an dem Verluste Augustinus Schuld. Diese Thiere haben mich zum ehelosen Leben verdammt!«

Girardière fiel in eine heftige Krankheit, während welcher er nur von Hunden und Katzen träumte. Er genas zwar wieder, blieb aber traurig, niedergeschlagen und untröstlich. Der Anblick eines Hundes oder einer Katze verursachte ihm jedesmal Krämpfe.

Er starb als Hagestolz in den Armen seiner alten Mutter, welche stets noch zu ihm sagte: »Sei ruhig, mein Söhnchen, du wirst mehr Frauen finden, als Dir nur lieb ist!«

Über tredition

Eigenes Buch veröffentlichen

tredition wurde 2006 in Hamburg gegründet und hat seither mehrere tausend Buchtitel veröffentlicht. Autoren veröffentlichen in wenigen leichten Schritten gedruckte Bücher, e-Books und audio-Books. tredition hat das Ziel, die beste und fairste Veröffentlichungsmöglichkeit für Autoren zu bieten.

tredition wurde mit der Erkenntnis gegründet, dass nur etwa jedes 200. bei Verlagen eingereichte Manuskript veröffentlicht wird. Dabei hat jedes Buch seinen Markt, also seine Leser. tredition sorgt dafür, dass für jedes Buch die Leserschaft auch erreicht wird.

Im einzigartigen Literatur-Netzwerk von tredition bieten zahlreiche Literatur-Partner (das sind Lektoren, Übersetzer, Hörbuchsprecher und Illustratoren) ihre Dienstleistung an, um Manuskripte zu verbessern oder die Vielfalt zu erhöhen. Autoren vereinbaren direkt mit den Literatur-Partnern die Konditionen ihrer Zusammenarbeit und partizipieren gemeinsam am Erfolg des Buches.

Das gesamte Verlagsprogramm von tredition ist bei allen stationären Buchhandlungen und Online-Buchhändlern wie z. B. Amazon erhältlich. e-Books stehen bei den führenden Online-Portalen (z. B. iBookstore von Apple oder Kindle von Amazon) zum Verkauf.

Einfach leicht ein Buch veröffentlichen: **www.tredition.de**

Eigene Buchreihe oder eigenen Verlag gründen

Seit 2009 bietet tredition sein Verlagskonzept auch als sogenanntes "White-Label" an. Das bedeutet, dass andere Unternehmen, Institutionen und Personen risikofrei und unkompliziert selbst zum Herausgeber von Büchern und Buchreihen unter eigener Marke werden können. tredition übernimmt dabei das komplette Herstellungs- und Distributionsrisiko.

Zahlreiche Zeitschriften-, Zeitungs- und Buchverlage, Universitäten, Forschungseinrichtungen u.v.m. nutzen diese Dienstleistung von tredition, um unter eigener Marke ohne Risiko Bücher zu verlegen.

Alle Informationen im Internet: **www.tredition.de/fuer-verlage**

tredition wurde mit mehreren Innovationspreisen ausgezeichnet, u. a. mit dem Webfuture Award und dem Innovationspreis der Buch Digitale.

tredition ist Mitglied im Börsenverein des Deutschen Buchhandels.

Dieses Werk elektronisch lesen

Dieses Werk ist Teil der Gutenberg-DE Edition DVD. Diese enthält das komplette Archiv des Projekt Gutenberg-DE. Die DVD ist im Internet erhältlich auf **http://gutenbergshop.abc.de**

FSC
www.fsc.org
MIX
Papier | Fördert
gute Waldnutzung
FSC® C083411

Zeitfracht Medien GmbH
Ferdinand-Jühlke-Straße 7
99095 Erfurt, Deutschland
produktsicherheit@kolibri360.de